CB071038

THE WITCHER

O BRUXO

TEXTO
ANDRZEJ SAPKOWSKI
TRADUZIDO DO POLONÊS POR TOMASZ BARCINSKI

ILUSTRAÇÕES
THIMOTHÉE MONTAIGNE

wmf martinsfontes

Esta obra foi publicada originalmente em francês com o título
Le sorcelleur, *por Editions Bragelonne.*
Copyright © 1993, Andrzej Sapkowski, para o texto.
Título original: Wiedźmin. *Conto extraído de* OSTATNIE ZYCZENIE
(em português, O último desejo*).*
Copyright ©2020, Editions Bragelonne, para as ilustrações.
Publicado em acordo com Patricia Pasqualini Literary Agency.
Copyright © 2021, Editora WMF Martins Fontes Ltda.,
São Paulo, para a presente edição.

Todos os direitos reservados. Este livro não pode ser reproduzido, no todo ou em parte, armazenado em sistemas eletrônicos recuperáveis nem transmitido por nenhuma forma ou meio eletrônico, mecânico ou outros, sem a prévia autorização por escrito do editor.

1ª edição *2021*

Tradução do conto "O bruxo"
Tomasz Barcinski
Tradução dos textos da edição francesa
Fernando Santos
Acompanhamento editorial
Luciana Veit
Revisões
Marisa Rosa Teixeira
Helena Guimarães Bittencourt
Edição de arte
Gisleine Scandiuzzi
Produção gráfica
Geraldo Alves
Paginação
Renato Carbone

Dados Internacionais de Catalogação na Publicação (CIP)
(Câmara Brasileira do Livro, SP, Brasil)

Sapkowski, Andrzej.
 The Witcher : o bruxo / Andrzej Sapkowski ; ilustração Thimothée Montaigne ; tradução Tomasz Barcinski. – 1ª ed. – São Paulo : Editora WMF Martins Fontes, 2021.

 Título original: Wiedzmin.
 ISBN 978-65-86016-51-2

 1. Ficção polonesa I. Montaigne, Thimothée. II. Título.

21-56302 CDD-891.853

Índices para catálogo sistemático:
1. Ficção : Literatura polonesa 891.853

Aline Graziele Benitez – Bibliotecária – CRB-1/3129

Todos os direitos desta edição reservados à
Editora WMF Martins Fontes Ltda.
Rua Prof. Laerte Ramos de Carvalho, 133 01325.030 São Paulo SP Brasil
Tel. (11) 3293.8150 e-mail: info@wmfmartinsfontes.com.br
http://www.wmfmartinsfontes.com.br

THIMOTHÉE MONTAIGNE

Nascido no dia 14 de julho de 1982 em Roubaix, Thimothée Montaigne apaixona-se muito jovem pelo desenho. Estuda no instituto Saint-Luc de Tournai, depois se especializa em artes narrativas na escola Pivaut de Nantes. Ao completar os estudos, surge a possibilidade de assessorar Mathieu Lauffray na colorização do volume 1 de *Long John Silver*. Essa experiência será decisiva na sua abordagem do desenho e da narrativa.

Ele não tardou a ser descoberto pela editora Soleil, que publicou sua primeira história em quadrinhos, *Le Cinquième Évangile*, na qual ele colabora com o roteirista Jean-Luc Istin, antes de trabalhar em *Malicorne* com Jérôme Le Gris. Em seguida, ele reencontra Alex Alice, com quem dividia o ateliê de Mathieu Lauffray, e o substitui como desenhista da prequela de *Troisième Testament: Julius*. Ele também retoma a série de sucesso *Le Prince de la nuit* a partir do volume 8. Paralelamente aos quadrinhos, desenvolve seus talentos de ilustrador e participa de diversos projetos, entre os quais este livro, que gira em torno do universo de *The Witcher*, executado inteiramente em pintura tradicional.

ANDRZEJ SAPKOWSKI

Andrzej Sapkowski nasceu na Polônia em 1948. Na saga The Witcher, sucesso mundial traduzido em 37 idiomas e cujas vendas já ultrapassaram 17 milhões de exemplares, ele se inspira nas mitologias eslava, nórdica e antiga e nos contos populares para melhor distorcê-los por meio da ironia, ao mesmo tempo que aborda problemas contemporâneos: a discriminação, as mutações e a busca de sentido num mundo em transformação. Sua obra foi premiada cinco vezes com o prêmio David Gemmell. Já adaptada para videogame com enorme sucesso, a série foi levada para a tela pela Netflix em 2019.

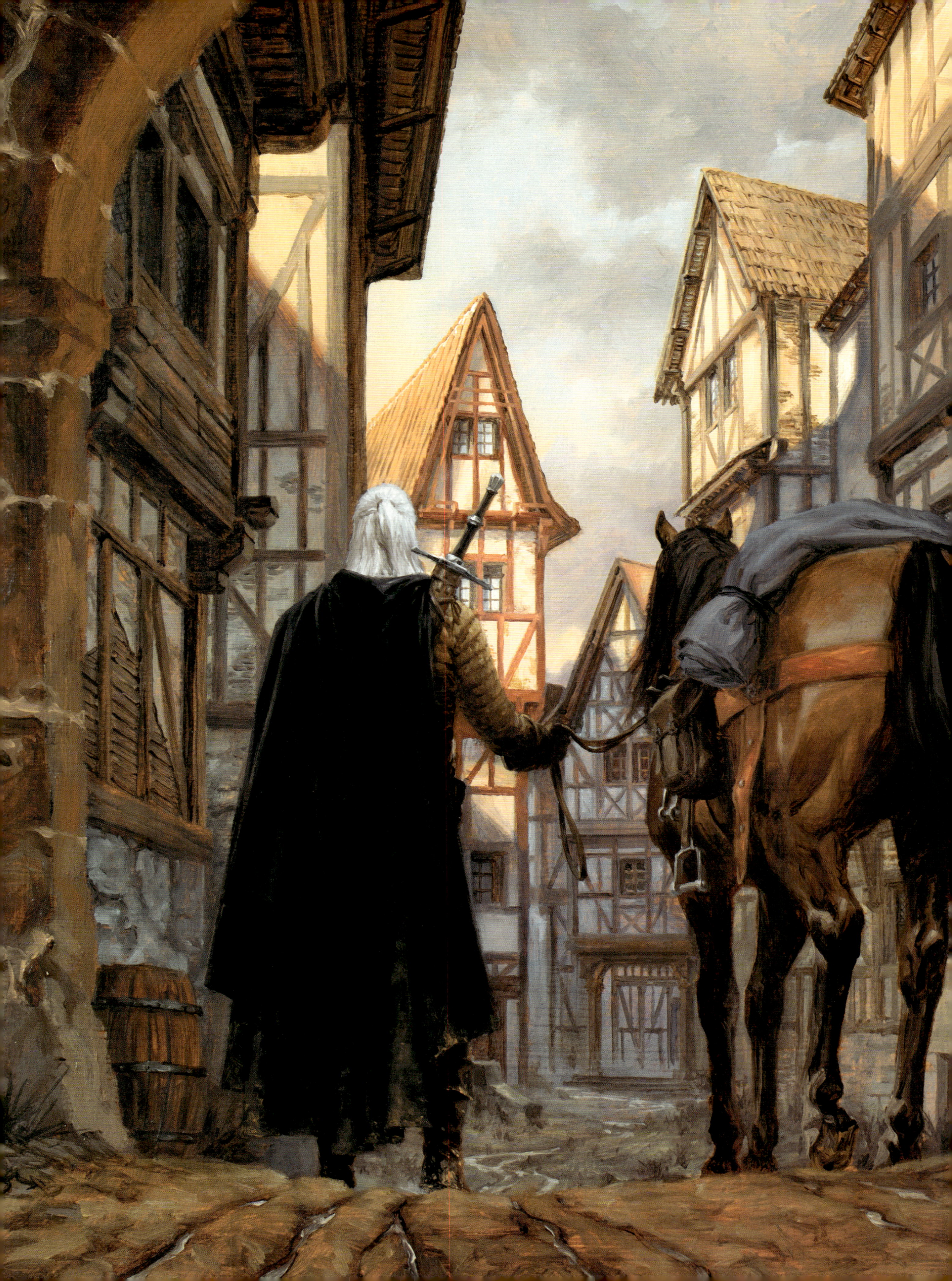

I

Anos mais tarde, diziam que aquele homem veio do norte, do Portão dos Cordoeiros. Chegou a pé, conduzindo seu cavalo pelas rédeas. Já era tarde; as barracas dos cordoeiros e seleiros estavam fechadas e a ruazinha, deserta. Fazia calor, mas o homem carregava uma pesada capa preta sobre os ombros. Chamava a atenção.

Parou diante da estalagem O Velho Narakort e ficou por um momento ouvindo o burburinho. Àquela hora, como de costume, o lugar estava cheio.

O desconhecido não entrou. Seguiu adiante e puxou seu cavalo até uma taberna menor, chamada A Raposa. Estava quase vazia; afinal, não tinha boa fama.

O taberneiro ergueu a cabeça de cima de uma barrica de pepinos marinados e mediu o visitante de alto a baixo. Este, ainda com a capa sobre os ombros, permaneceu diante do balcão, imóvel e calado.

– O que vai ser?

– Cerveja – pediu o desconhecido, com voz desagradável.

O taberneiro limpou as mãos no puído avental e encheu uma velha caneca de barro.

O desconhecido não era velho, mas tinha os cabelos quase totalmente brancos. Sob a capa, vestia um surrado gibão de couro, amarrado nos ombros e nas axilas. Quando tirou a capa, todos puderam ver a longa espada de dois gumes presa às costas por um cinturão. Nada havia de extraordinário naquilo, já que em Wyzim quase todos andavam armados, mas ninguém carregava uma espada às costas como se fosse um arco ou uma aljava.

O desconhecido não se sentou à mesa com os poucos fregueses. Permaneceu de pé junto do balcão, encarando o taberneiro com olhos penetrantes. Bebeu um trago da caneca.

– Estou procurando um quarto para passar a noite.

– Não temos vagas – respondeu rudemente o taberneiro, olhando para as empoeiradas botas do recém-chegado. – Procure no Velho Narakort.

– Prefiro aqui.

– Impossível. – O taberneiro finalmente reconheceu o sotaque do desconhecido: era de Rívia.

– Pagarei bem – sussurrou o estranho, como se estivesse inseguro.

Foi então que a confusão teve início.

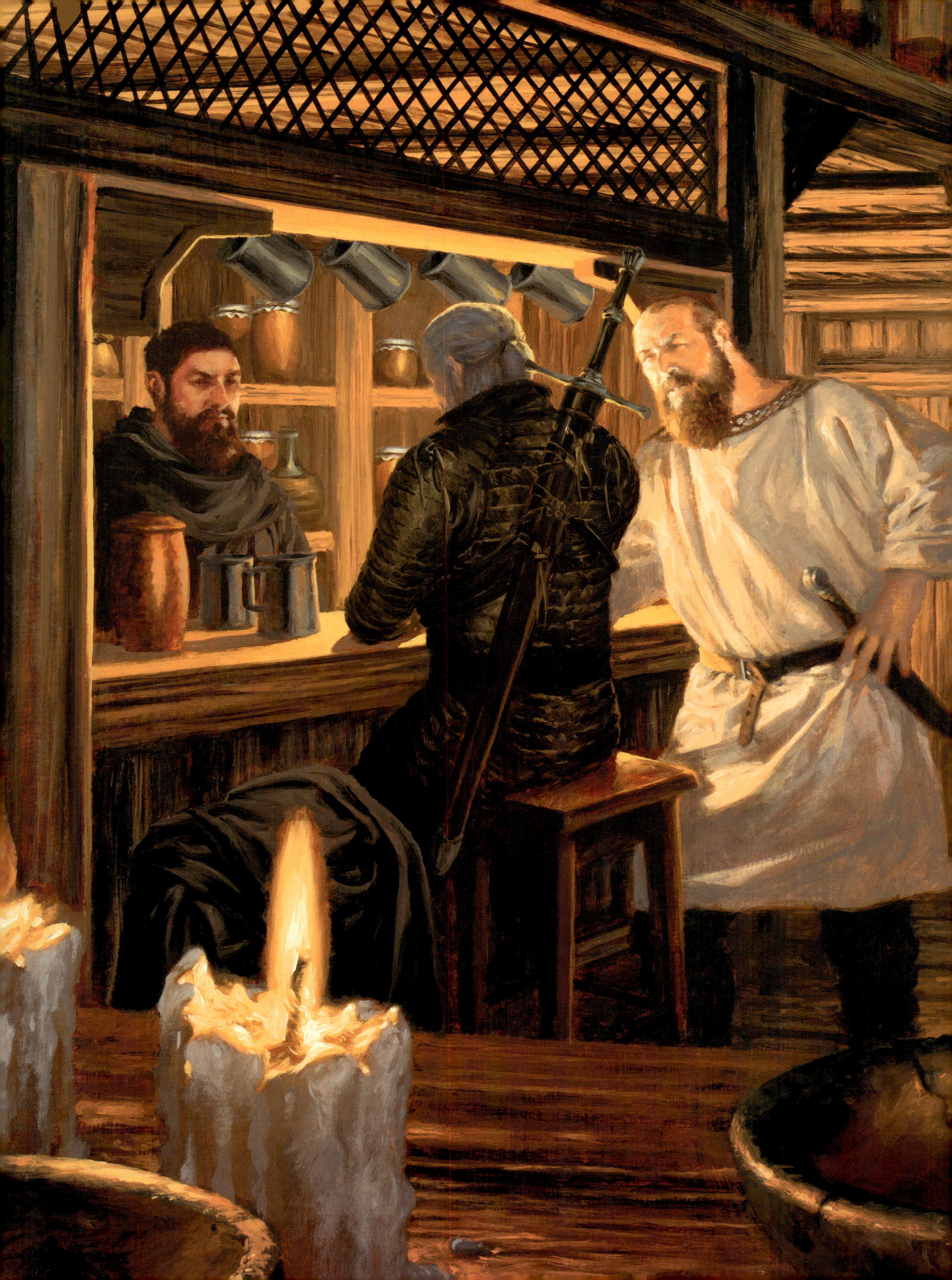

Um magricela bexiguento, que desde o momento em que o desconhecido entrara na taberna o observava soturnamente, levantou-se da mesa e aproximou-se do balcão. Dois de seus companheiros se postaram atrás, a menos de dois passos.

— Não ouviu que não há lugar aqui para tipos como você, seu vagabundo riviano? — rosnou o bexiguento, parando ao lado do desconhecido. — Aqui, em Wyzim, não precisamos de gente de sua laia. Esta é uma cidade decente!

O desconhecido pegou a caneca e se afastou, olhando para o taberneiro. Este, no entanto, evitou seu olhar. Nem lhe passava pela cabeça sair em defesa de um riviano. Afinal, quem gostava de rivianos?

— Todos os rivianos são ladrões — continuou o encrenqueiro, fedendo a cerveja, alho e ódio. — Ouviu o que eu disse, seu bastardo?

— Ele não consegue escutar porque tem merda nos ouvidos — disse um dos que estavam atrás, fazendo o outro soltar uma gargalhada.

— Pague a conta e suma daqui! — gritou o bexiguento.

Foi só então que o desconhecido olhou para ele.

— Primeiro, vou terminar minha cerveja.

— Pois nós vamos ajudá-lo — sibilou o magricela, que arrancou a caneca da mão do riviano e, agarrando-o pelo braço, enfiou os dedos por trás da tira de couro que atravessava o peito do desconhecido. Um de seus comparsas preparava-se para desferir um soco. O estranho girou sobre os calcanhares, fazendo o bexiguento perder o equilíbrio. A espada sibilou de dentro da bainha e por um breve momento brilhou à luz das lamparinas. O ambiente fervilhou. Alguém gritou. Um dos fregueses se precipitou para fora. Uma cadeira desabou e recipientes de barro estilhaçaram. O taberneiro, com lábios trêmulos, ficou olhando para o horrivelmente destroçado rosto do bexiguento, que, desprendendo aos poucos os dedos da beira do balcão, deslizou para baixo, sumindo como se estivesse se afogando. Os outros dois jaziam no chão, um deles imóvel, o outro se agitando convulsivamente no meio de uma poça escura cada vez maior. Um fino e histérico grito feminino soou no ar, parecendo perfurar os ouvidos. O taberneiro, tremendo feito vara verde, começou a vomitar.

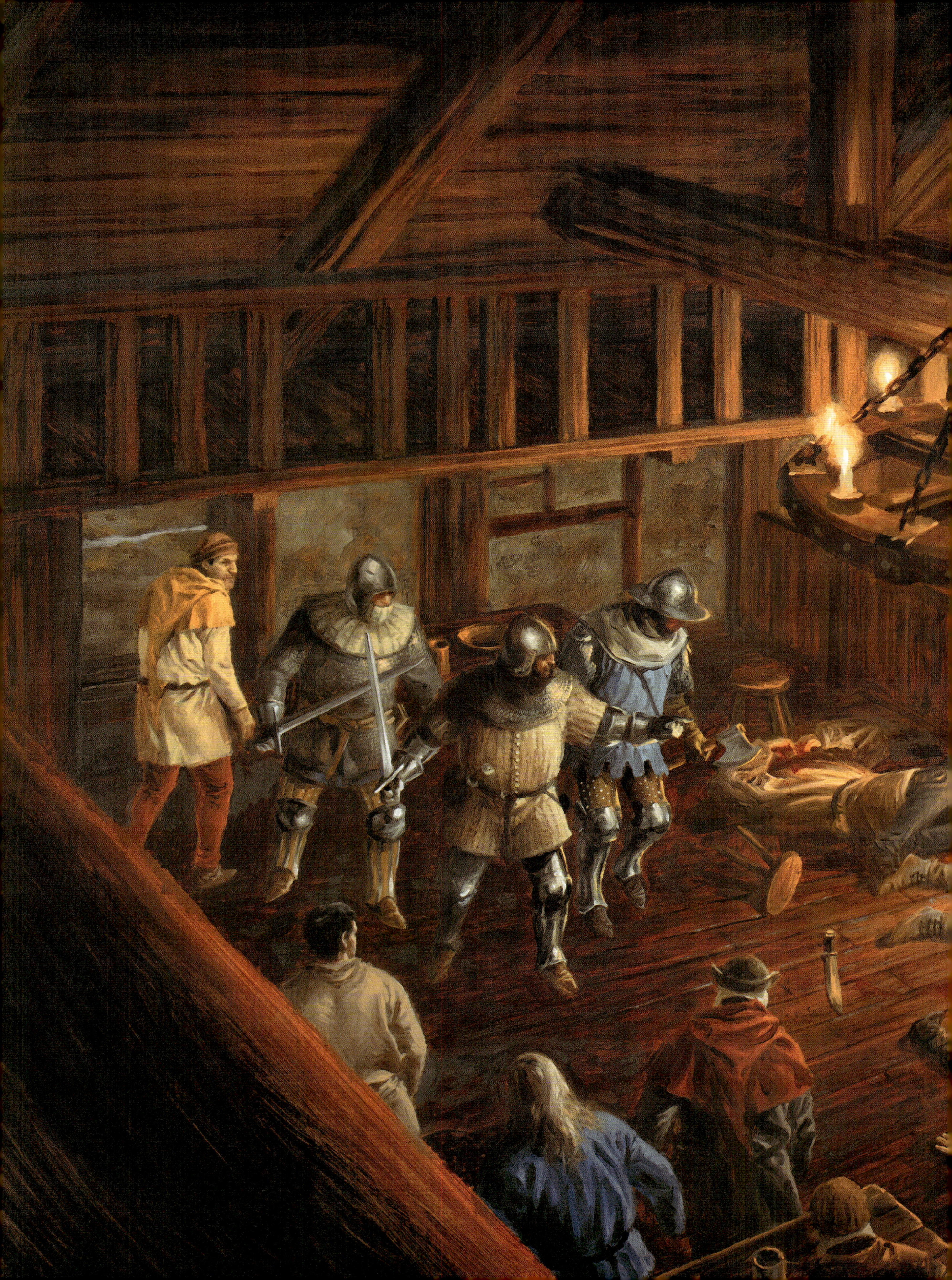

O desconhecido recuou até a parede, em posição de defesa. Atento, segurava a espada com ambas as mãos, agitando a ponta no ar. Ninguém se mexia. Um misto de horror e medo cobria todos os rostos, imobilizava os membros e travava as gargantas.

Três guardas, que decerto faziam a patrulha da rua, adentraram a taberna com grande estrondo. Traziam nas mãos porretes envolvidos em tiras de couro, mas diante da visão dos cadáveres, sacaram as espadas. O riviano continuava com as costas apoiadas na parede e, com a mão esquerda, arrancou um punhal do cano de uma das botas.

— Largue isso! – vociferou um dos guardas, com voz trêmula. — Largue isso imediatamente, seu bandido, e venha conosco!

Outro guarda afastou com o pé uma mesa que o impedia de atingir o riviano pelo flanco.

— Vá buscar reforços, Treska! – gritou para o terceiro, que estava junto da porta.

— Não vai ser preciso – disse o desconhecido, abaixando a espada. – Irei com vocês por conta própria.

— É lógico que sim, seu cão danado, mas acorrentado! – exclamou o da voz trêmula. – Largue essa espada, senão vou arrebentar sua cabeça!

O riviano se empertigou. Colocou rapidamente a lâmina da espada sob a axila esquerda e com a mão direita descreveu, apontando para os guardas, um rápido e complicado sinal no ar. Os inúmeros tachões que ornavam os punhos de couro de seu gibão brilharam intensamente.

Os guardas recuaram de imediato, protegendo o rosto com os antebraços. Um dos fregueses da taberna ergueu-se de um pulo, enquanto outro correu para a porta. A mulher soltou outro grito, dessa vez selvagem e assustador.

— Irei por conta própria – repetiu o desconhecido, com voz metálica. – E vocês três irão na frente, conduzindo-me ao estaroste. Não conheço o caminho.

— Sim, senhor – sussurrou o guarda, abaixando a cabeça e encaminhando-se timidamente para a saída.

Os outros dois foram apressados atrás dele. O desconhecido seguiu seus passos, guardando a espada na bainha e o punhal no cano da bota. Ao passar pelas mesas, os poucos comensais que restavam esconderam o rosto na gola do gibão.

II

Velerad, o estaroste de Wyzim, coçou o queixo, refletindo sobre a situação. Não era supersticioso nem medroso, mas não lhe agradava a perspectiva de ficar sozinho com o estranho de cabelos brancos. Finalmente, tomou uma decisão.

– Saiam – ordenou aos guardas. – Quanto a você, sente-se. Não, não aqui; um pouco mais afastado, se não for incômodo.

O desconhecido sentou-se. Já não portava a espada nem a capa preta.

– Sou todo ouvidos – disse Velerad, brincando com uma pesada maça pousada no tampo da mesa. – Sou Velerad, o estaroste de Wyzim. O que tem a dizer, senhor bandido, antes de ser despachado para as masmorras? Três mortos e uma tentativa de enfeitiçamento... Nada mal, nada mal. Aqui, em Wyzim, costumamos empalar os culpados por esse tipo de coisas. Mas, como sou um homem justo, pretendo ouvi-lo antes. Portanto, fale.

O riviano abriu a jaqueta e tirou um pergaminho de pele de cabra branca.

– Vocês têm afixado isto nas tabernas e nas encruzilhadas – falou baixinho. – É verdade o que está escrito aqui?

– Ah – murmurou Velerad, olhando para as runas gravadas no pedaço de pele. – Então é disso que se trata. Devia ter adivinhado. Sim, é a mais pura verdade. O pergaminho está assinado por Foltest, rei de Temeria, Ponatar e Mahakam, o que significa que é verdadeiro. Mas uma proclamação é uma proclamação e leis são leis. Meu papel aqui, em Wyzim, é fazer com que as leis sejam cumpridas, e não vou permitir que pessoas sejam assassinadas sem mais nem menos! Deu para entender?

O riviano assentiu com a cabeça, demonstrando que entendera. Velerad resfolegou furiosamente.

– Você tem a divisa de bruxo? – indagou.

O desconhecido voltou a enfiar a mão na jaqueta, dessa vez retirando um medalhão redondo pendurado numa corrente de prata. Nele estava gravada a cabeça de um lobo com as presas arreganhadas.

– E você tem nome? Pode ser qualquer um. Não estou perguntando por curiosidade, mas para facilitar nossa conversa.

– Meu nome é Geralt.

– Pois que seja Geralt. De Rívia, como deduzo por seu sotaque.

– De Rívia.

– Sabe de uma coisa, Geralt? Não se envolva neste assunto – disse Velerad, batendo com a mão na proclamação. – É um caso bastante sério. Muitos já tentaram. Isso, meu irmãozinho, não é o mesmo que arrebentar a cabeça de um par de patifes.

– Estou ciente disso. É minha profissão, senhor estaroste. Na proclamação está escrito: três mil ducados de recompensa.

– Três mil – confirmou Velerad, de boca cheia. – E mais a mão da princesa, segundo dizem por aí, embora nosso amado Foltest não tenha acrescentado isso à proclamação.

– Não estou interessado na princesa – falou calmamente Geralt, sentado imóvel, com as mãos sobre os joelhos. – O importante é o que está escrito: três mil ducados.

– Ah, que tempos! – suspirou o estaroste. – Que tempos desgraçados, meu senhor! Há apenas vinte anos quem poderia imaginar, mesmo estando embriagado, que pudessem existir tais profissões? Bruxos! Assassinos errantes de basiliscos! Caçadores ambulantes de dragões e demos dos pântanos! Diga-me, Geralt: sua profissão permite beber cerveja?

— Certamente.

Velerad bateu palmas.

— Cerveja! — gritou. — Quanto a você, Geralt, achegue-se.

A cerveja estava fria e espumosa.

— Vivemos em tempos asquerosos — monologava Velerad, bebericando de sua caneca. — Circulam por aí todos os tipos de imundices. Em Mahakam, nas montanhas, pululam bobolacos. Nas florestas, costumávamos ouvir o uivo dos lobos. E agora? Agora só se veem espectros, bosqueolos, lobisomens e outros seres estranhos. Nos vilarejos, ondinas e carpideiras raptam criancinhas; já levaram mais de uma centena delas. Doenças das quais nunca se ouviu falar grassam por toda parte. É de arrepiar. E, para completar o quadro, ainda por cima isto! — Empurrou o pergaminho pelo tampo da mesa. — Não é de estranhar, Geralt, que haja tanta demanda por seus serviços.

— E quanto a essa proclamação, senhor estaroste? — Geralt ergueu a cabeça. — O senhor conhece mais detalhes?

Velerad recostou-se na cadeira e entrelaçou as mãos sobre a barriga.

— Detalhes, você indaga? É lógico que conheço; não de primeira mão, mas de fontes seguras.

— É isso mesmo que desejo saber.

— Bem, já que parece irredutível, escute-me.

Velerad tomou mais um gole de cerveja e abaixou a voz.

— Nosso amado Foltest, quando ainda era príncipe, durante o reinado de seu pai, o velho Medell, já nos mostrou do que era capaz, e era capaz de muito. Acreditávamos que aquilo passaria com o tempo, mas pouco depois de sua coroação, logo após a morte do velho rei, Foltest se superou. Ficamos atónitos. Em poucas palavras: fez um filho na própria irmã, Adda. Ela era mais jovem, andavam sempre juntos, mas ninguém suspeitou de nada... Talvez a rainha... De qualquer modo, lá estavam Adda com uma barriga daquelas e Foltest falando em casamento. Um casamento com a irmã, você se dá conta disso, Geralt? A situação se complicou ainda mais, já que exatamente àquela época Vizimir de Novigrad teve a brilhante ideia de casar sua filha, Dalka, com Foltest, e enviou uma delegação. Tivemos de segurar o rei pelas pernas e pelos braços porque ele queria xingar e bater nos emissários. Ainda bem que conseguimos, pois, se Vizimir tivesse se ofendido, nos teria arrancado o fígado. Depois, não sem a ajuda de Adda, que tinha influência sobre o irmão, conseguimos dissuadi-lo de seu propósito de um casamento imediato. Quando chegou a hora, Adda deu à luz. E agora preste atenção, porque é aí que tudo começa. Não foram muitas pessoas que viram o que nasceu, mas uma das parteiras pulou da janela da torre e morreu, enquanto a outra ficou com a mente afetada e está lelé até hoje. Diante disso, acredito que o recém-nascido não fosse especialmente bonito. Era uma menina, que morreu logo em seguida. Imagino que ninguém teve muita pressa em cortar o cordão umbilical. Adda, por sorte, não sobreviveu ao parto. Depois, meu irmãozinho, Foltest cometeu mais uma estupidez. A recém-nascida deveria ter sido queimada ou, sei lá, enterrada num lugar deserto, e não guardada num sarcófago no subsolo do castelo.

— Tarde demais para se lamentar. — Geralt ergueu a cabeça. — De qualquer modo, vocês deveriam ter chamado um dos Versados.

— Está se referindo àqueles charlatões com gorro pontudo enfeitado de estrelinhas? É lógico que chamamos, mais de dez, porém apenas depois de termos tomado ciência do que jazia naquele sarcófago e saía dele toda noite. Mas não pense que

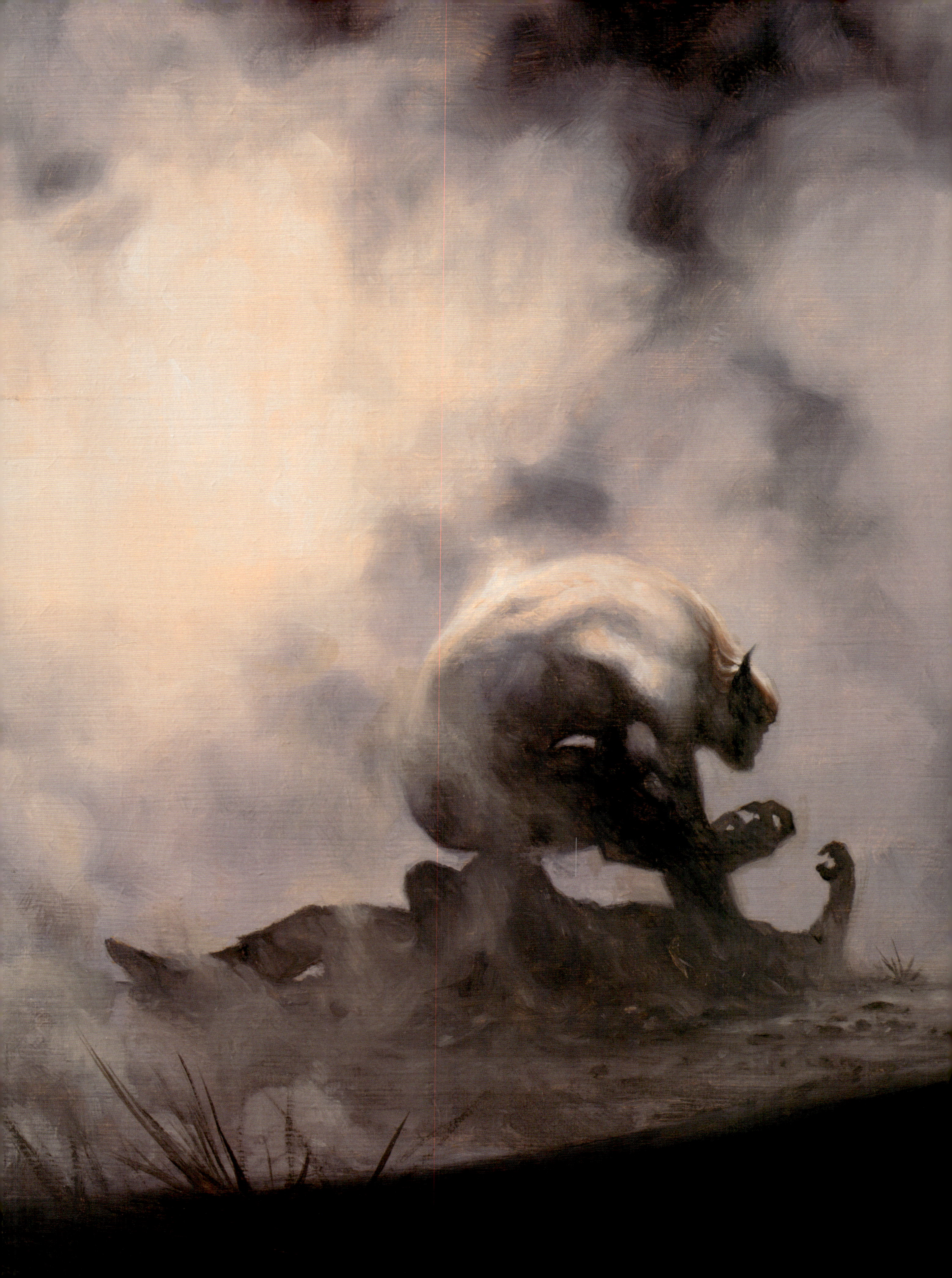

começou a sair logo. Ah, não! Depois do enterro, tivemos sete anos de paz. Até que, numa noite de lua cheia, ouvimos gritos no castelo. Gritos desesperados e muita agitação! Não preciso entrar em detalhes; você entende desse assunto e leu a proclamação. A recém-nascida cresceu, e bastante, dentro da tumba, e seus dentes se desenvolveram de maneira impressionante. Em poucas palavras: virou uma estrige. É uma pena que você não tenha visto os cadáveres. Eu vi. Se você tivesse visto, certamente teria evitado entrar em Wyzim.

Geralt permaneceu calado.

– Então – continuou Velerad –, como lhe disse, Foltest convocou um monte de feiticeiros. Ficaram gritando, cada um mais alto que o outro, e faltou pouco para se agredirem com aqueles cajados com que andam por aí, decerto para afugentar os cachorros quando alguém os atiça contra eles. E estou convencido de que as pessoas costumam atiçá-los com frequência. Perdoe-me, Geralt, se você tem outra opinião dos feiticeiros. Levando em conta sua profissão, provavelmente tem, mas para mim eles não passam de boçais e aproveitadores. Vocês, bruxos, despertam mais confiança. Pelo menos, vocês são... como dizer?... mais concretos.

Geralt sorriu, mas não fez nenhum comentário.

– Mas voltemos ao assunto principal. – O estaroste olhou para dentro da caneca e despejou mais cerveja, na sua e na do riviano. – Algumas recomendações dos feiticeiros até que não pareciam tão estúpidas. Um deles sugeriu que a estrige fosse incendiada, com o sarcófago e o castelo; outro recomendou que lhe cortassem a cabeça com uma espada; os demais eram partidários de cravar estacas de bétula em várias partes de seu corpo, evidentemente durante o dia, quando, exausta pelas excursões noturnas, ela estivesse dormindo no caixão. No entanto, um velho eremita corcunda, com gorro pontudo no crânio totalmente calvo, afirmou que tudo não passava de um encanto fácil de desfazer e que a estrige voltaria a ser a filhinha de Foltest, linda como uma pintura. Para isso, bastaria passar uma noite na cripta. Então, imagine, Geralt, quão mentecapto ele era, o tal velhinho foi passar a noite no subsolo do castelo. Como você pode imaginar, não sobrou muito dele... aparentemente apenas o gorro e o cajado. Mas Foltest agarrou-se a essa ideia com unhas e dentes, proibiu qualquer tentativa de matar a estrige e atraiu para Wyzim charlatões e mais charlatões de todos os recantos do reino para que desfizessem o feitiço, transformando o monstro de volta numa princesinha. Aquilo, sim, era uma corja de pilantras! Umas velhotas encurvadas, uns capengas, todos sujos, sarnentos... davam pena. E aí todos se puseram a fazer encantos, principalmente sobre pratos de comida e canecos de cerveja. É verdade que Foltest ou o Conselho de Anciões logo desmascararam vários deles, até penduraram alguns em ameias... mas poucos, muito poucos. Eu teria enforcado todos. Acho que não preciso acrescentar que a estrige cada dia devorava mais e mais pessoas, sem dar a mínima para os encantamentos nem para o fato de Foltest não morar mais no castelo. Aliás, ninguém morava mais nele.

Velerad interrompeu seu relato. O bruxo permanecia calado.

– E isso continua assim, Geralt, faz mais de seis anos, porque aquilo nasceu há uns catorze. Nesse período, tivemos outras preocupações, pois travamos uma guerra com Vizimir de Novigrad, por motivos concretos e compreensíveis: deslocamento de marcos fronteiriços, e não histórias de filhas ou laços de parentesco. Foltest, diga-se de passagem, começa a falar em matrimônio e examina os retratos enviados dos reinos vizinhos, em vez de atirá-los na latrina, como antes. Apesar disso, volta e meia é tomado por um novo acesso e despacha cavaleiros à procura de outros feiticeiros. Prometeu uma recompensa de três mil ducados, com o que atraiu para cá todo tipo de destrambelhados, cavaleiros andantes e até um pastorzinho, um idiota conhecido em toda a região, que descanse em paz. Enquanto isso, a estrige vai muito bem, obrigado. Só que de vez em quando come alguém. Dá para se acostumar. Quanto a esses heróis que tentam desenfeitiçá-la, temos a vantagem de a besta saciar a fome com eles e não precisar vagar fora dos muros do castelo. E Foltest tem um castelo novo, bem bonito.

— Durante todos esses anos... — Geralt ergueu a cabeça. — Em mais de seis anos ninguém conseguiu resolver o problema?

— Pois é, ninguém. — Velerad lançou um olhar penetrante ao bruxo. — Porque, ao que tudo indica, o problema é insolúvel e temos de nos conformar com isso. Estou me referindo a Foltest, nosso benévolo e amado senhor, que continua afixando essas proclamações em todas as encruzilhadas. No entanto, o número de voluntários vem diminuindo consideravelmente. Faz pouco tempo apareceu um, mas ele queria receber os três mil com antecedência. Diante disso, nós o enfiamos num saco e jogamos no lago.

— Não faltam trapaceiros.

— Não, não faltam. Na verdade, há muitos — concordou o estaroste, sem tirar os olhos do bruxo. — Por isso, quando for ao castelo, não peça pagamento antecipado. Isto é, se você for realmente.

— Irei.

— Bem, é um assunto seu. Mas não se esqueça de meu conselho. E, já que estamos falando da recompensa, ultimamente têm circulado rumores sobre sua segunda parte, que cheguei a mencionar a você: a mão da princesa. Não sei quem inventou isso, porém, se a estrige tem a aparência que as pessoas andam dizendo, a piada é definitivamente de mau gosto. Mesmo assim, não faltaram idiotas que vieram a pleno galope ao castelo tão logo surgiu a notícia da oportunidade de entrar na família real. Dois aprendizes de sapateiros. Por que os sapateiros são tão estúpidos, Geralt?

— Não sei. E bruxos, senhor estaroste? Apareceram alguns?

— Como não. Vários. Quando eram informados de que a estrige deveria ser desenfeitiçada e não morta, davam de ombros e iam embora. É em parte por isso que cresceu meu respeito pelos bruxos, Geralt. Houve um, mais jovem do que você, cujo nome não consigo lembrar, se é que ele se identificou... Este, bem que tentou.

— E...?

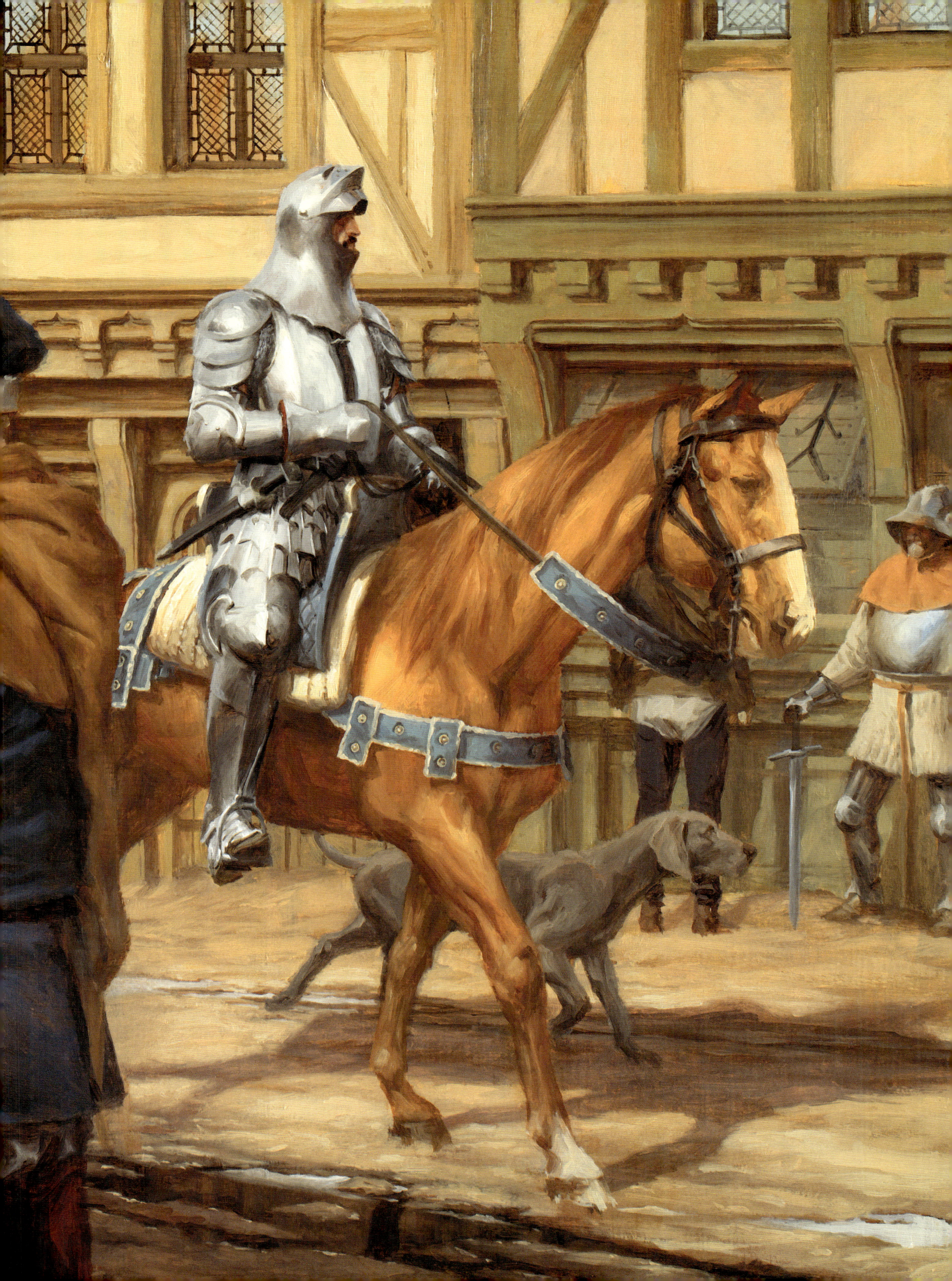

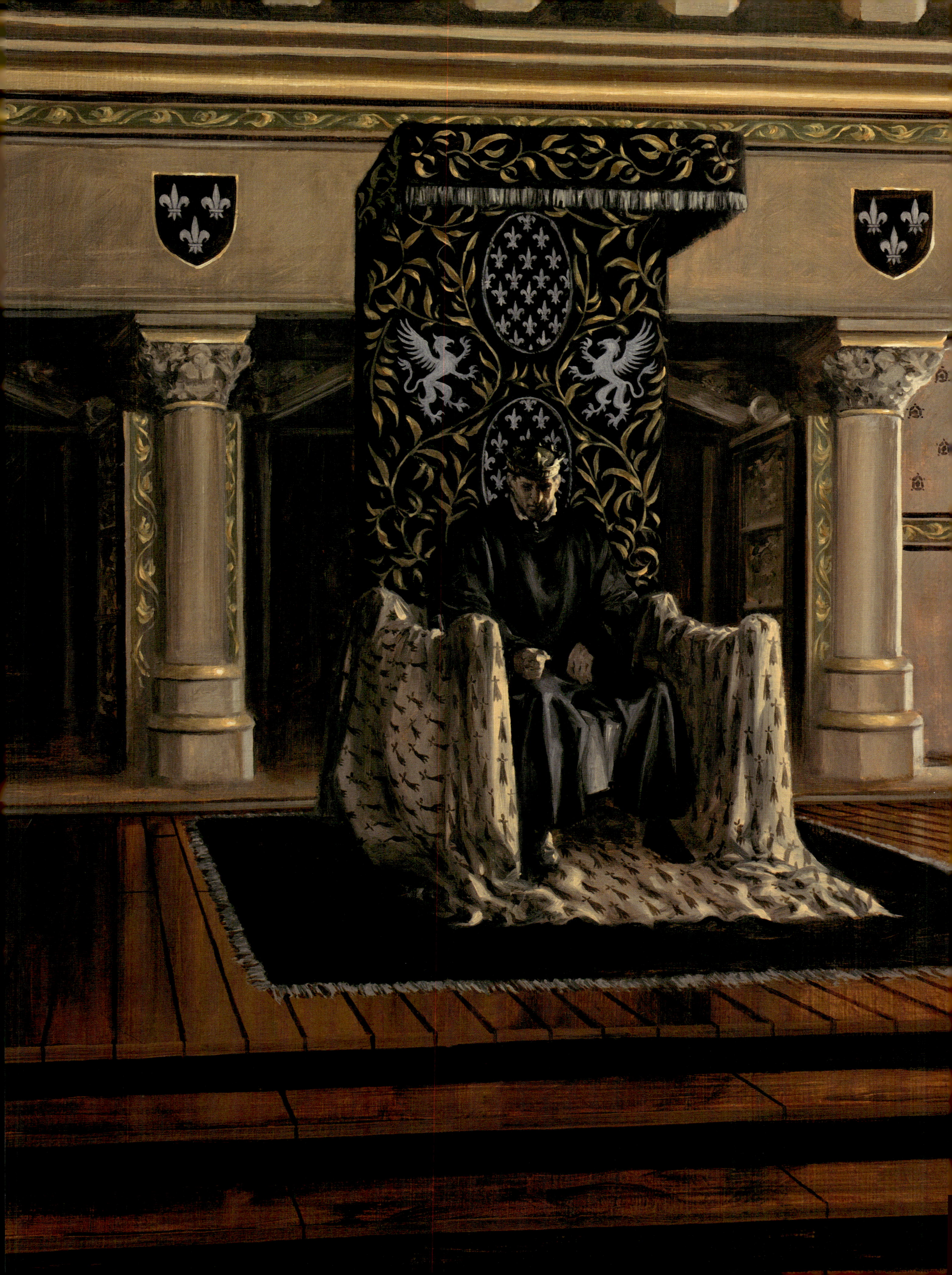

– Nossa vampiresca princesa espalhou suas tripas por uma área equivalente a meia distância percorrida por uma flecha disparada de um arco.

Geralt meneou a cabeça.

– E ele foi o único?

– Houve mais um...

Velerad interrompeu a frase, mas Geralt não o apressou.

– Sim – disse finalmente o estaroste. – Houve mais um. No começo, quando Foltest o ameaçou com a forca caso matasse ou ferisse a estrige, ele soltou uma gargalhada e se preparou para partir. Só que, depois...

Velerad abaixou ainda mais a voz e, quase sussurrando, inclinou-se sobre a mesa.

– Depois, ele acabou aceitando a tarefa. Saiba, Geralt, que aqui em Wyzim temos homens de bem, alguns ocupando altos postos administrativos, a quem repugna essa história toda. Circula o boato de que esses homens tiveram um encontro secreto com o tal bruxo para convencê-lo a deixar os escrúpulos de lado e, em vez de tentar qualquer tipo de exorcismo, simplesmente matar a estrige, dizendo ao rei que os feitiços não funcionaram e que sua filhinha havia caído das escadas, ou seja, que ocorrera um acidente de trabalho. O rei, evidentemente, ficaria furioso, mas ele não pagaria um ducado sequer de recompensa. O pícaro bruxo respondeu que, se era para não receber, então eles mesmos deveriam enfrentar a estrige. E aí, o que pudemos fazer?... Cotizamo-nos, pechinchamos... mas não deu em nada.

Geralt ergueu as sobrancelhas.

– Em nada, repito. O bruxo não quis fazer o trabalho logo na primeira noite. Ficou rondando o castelo, perambulando pelos arredores. Por fim, como dizem, viu a estrige, certamente em ação, pois a besta não sai da cripta apenas para esticar as pernas. Viu-a e sumiu na mesma noite. Nem se despediu.

Geralt contorceu os lábios numa expressão que provavelmente deveria ser um sorriso.

– E esses homens de bem – começou – devem ter guardado aquele dinheiro, não? Os bruxos não costumam cobrar adiantado.

– Claro – respondeu Velerad. – É lógico que guardaram.

– E aquele boato não fazia alusão à quantia envolvida?

Velerad exibiu um sorriso malandro.

– Uns dizem que era de oitocentos...

Geralt fez um movimento de negação com a cabeça.

– Já outros – murmurou o estaroste – falam de mil.

– O que não é muito, considerando que os boatos costumam exagerar em tudo. Afinal, o rei está oferecendo três mil.

– Não se esqueça da prometida – ironizou Velerad. – Mas de que estamos falando? É óbvio que você jamais receberá aqueles três mil.

– Por que é óbvio?

Velerad desferiu um soco no tampo da mesa.

– Geralt, não estrague a imagem que tenho dos bruxos. Isso está durando há mais de seis anos! A estrige acaba com meia centena de pessoas por ano; é verdade que ultimamente menos, porque todos se mantêm longe do castelo. Não, meu irmão, eu já vi muitos encantamentos e acredito, claro que só até certo ponto, em magos e bruxos. Mas a tal história de desenfeitiçamento não passa de uma bobagem que germinou na cabeça daquele velho corcunda que endoidou de vez por causa da comida de eremitas; um disparate no qual ninguém acredita. Ninguém, exceto Foltest.

Não, Geralt! Adda deu à luz uma estrige por ter dormido com o próprio irmão. Essa é a verdade e não há nada que possa ajudar. Ela come pessoas como todas as estriges, e a única solução é matá-la, de maneira simples e normal. Escute: há cerca de dois anos um dragão andava devorando as ovelhas de uns broncos de algum buraco no cu do mundo, perto de Mahakam. Eles formaram um grupo e mataram o bicho a pauladas, nem sequer acharam que deveriam jactar-se do feito. Nós, aqui em Wyzim, aguardamos por um milagre e nos entrincheiramos em casa nas noites de lua cheia, ou amarramos criminosos a estacas diante do castelo, esperando que a besta se sacie com eles e retorne a sua tumba.

– Não deixa de ser um método prático – sorriu o bruxo. – E a criminalidade diminuiu?

– Nem um pouco.

– Como se chega ao novo castelo?

– Vou levá-lo pessoalmente até lá. E quanto à proposta dos homens de bem?

– Senhor estaroste – disse Geralt. – Para que se apressar? Existe a possibilidade de ocorrer um acidente durante meu trabalho, independentemente de minha intenção. Nesse caso, os homens de bem deveriam pensar em uma forma de me proteger da fúria do rei e preparar os mil e quinhentos ducados mencionados no boato.

– Eu falei em mil.

– Não, senhor Velerad – retrucou o bruxo, com determinação. – Aquele a quem vocês ofereceram mil ducados fugiu assim que viu a estrige e nem chegou a barganhar, o que significa que o risco é superior a mil. Será superior a mil e quinhentos? Veremos. É claro que vou me despedir antes de ir embora.

Velerad coçou a cabeça.

— Que tal mil e duzentos?

— Não, senhor estaroste. O trabalho não é fácil. O rei oferece três mil, e eu tenho de dizer que às vezes desenfeitiçar é mais fácil do que matar. Afinal, se matar a estrige fosse tão fácil, algum de meus predecessores o teria feito. Ou você acha que eles se deixaram matar só por medo do rei?

— Que seja, irmãozinho. — Velerad meneou sombriamente a cabeça. — Estamos combinados. Mas, quando você estiver diante do rei, aconselho de todo o coração que não dê um pio sobre a possibilidade de um acidente de trabalho.

III

Foltest era esbelto e tinha rosto bonito – bonito até demais. O bruxo avaliou que ele ainda não completara quarenta anos. Estava sentado numa cadeira de braços em forma de anão esculpido em madeira escura, com as pernas estendidas na direção de uma lareira junto da qual se aqueciam dois cães. Do lado dele, sentado sobre uma arca, encontrava-se um homem mais velho, barbado e de compleição robusta. Atrás do rei, de pé, havia mais uma pessoa, ricamente vestida e com feições orgulhosas. Um magnata.

– Um bruxo de Rívia – falou o rei, após um momento de silêncio que se seguiu ao discurso introdutório de Velerad.

– Sim, Majestade – anuiu Geralt, fazendo uma reverência.

– O que fez encanecer tanto seus cabelos? Excesso de feitiçarias? Posso ver que você não é velho. Tudo bem, tudo bem. Não precisa responder; estava brincando. Você tem experiência?

– Sim, Majestade.

– Pois me fale dela.

Geralt fez uma reverência ainda mais profunda.

– Vossa Majestade deve estar ciente de que nosso código de conduta não nos permite falar sobre o que fazemos.

– É um código muito conveniente, senhor bruxo; muito conveniente. Mas assim, sem entrar em detalhes, você já teve algo a ver com seres das trevas?

– Sim.

– E com vampiros e leshys?

– Sim.

Foltest hesitou por um momento.

– E com estriges?

Geralt ergueu a cabeça e fixou o rei diretamente nos olhos.

– Também.

Foltest desviou o olhar.

– Velerad! – chamou.

– Às ordens de Vossa Majestade.

– Você o pôs a par de todos os detalhes?

– Sim, Majestade. Ele afirma que a princesa pode ser desenfeitiçada.

– Sei disso há muito tempo. De que modo, senhor bruxo? Ah, é verdade, já me esquecia... o tal código. Muito bem; apenas uma pequena advertência. Estiveram aqui vários bruxos. Velerad, você lhe contou? Ótimo. E foi por eles que eu soube que sua especialidade é mais a de matar do que desenfeitiçar. Quero que saiba que isso está fora de cogitação. Se cair um só fio da cabeça de minha filha, a sua vai parar no cepo. Isso é tudo. Ostrit e o senhor, senhor Segelin, deverão ficar aqui e lhe dar todas as informações de que necessitar. É costume dos bruxos fazer muitas perguntas. Deem comida a ele e o façam dormir no castelo. Não quero que fique vagando pelas tabernas.

O rei levantou-se, assoviou para os cães e encaminhou-se à saída, fazendo esvoaçar a palha que cobria o piso do aposento. Chegando à porta, virou-se e disse:

– Se você conseguir, bruxo, a recompensa será sua. Talvez eu até acrescente algo a ela, caso faça um bom trabalho. Obvia-

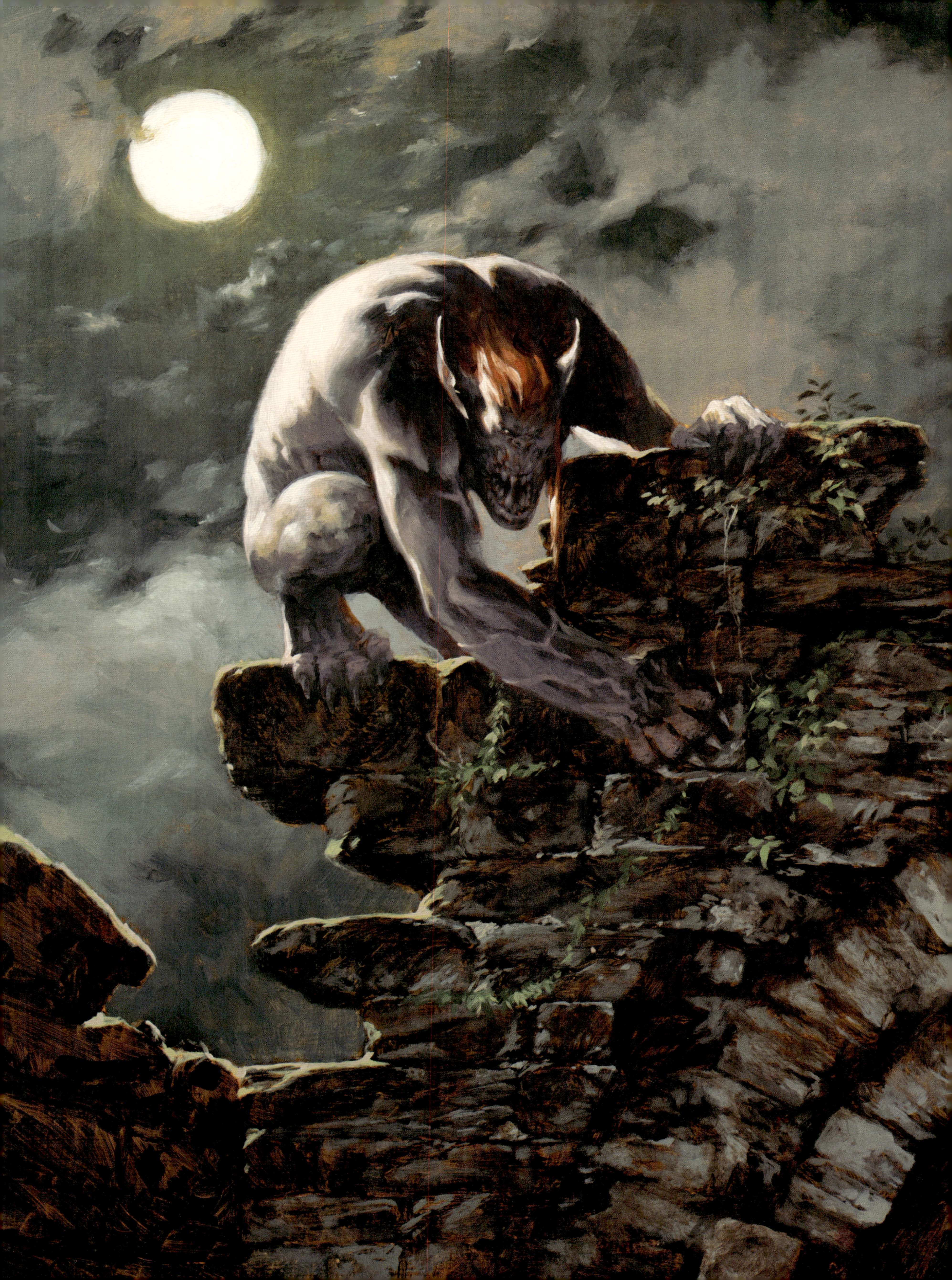

mente, o boato sobre a possibilidade de se casar com a princesa não contém um pingo de verdade. Ou você acredita que eu daria a mão de minha filha ao primeiro vagabundo que passasse por aqui?

– Não, Majestade. Não acredito.

– Muito bem. Isso mostra que você é inteligente.

Foltest saiu, fechando a porta atrás de si. Velerad e o magnata, que até aquele momento tinham se mantido de pé, imediatamente se sentaram à mesa. O estaroste sorveu o resto do vinho da taça real, olhou dentro do cântaro e soltou um palavrão. Ostrit, que ocupou o lugar do rei, ficou olhando para o bruxo com o cenho franzido, alisando com as mãos os braços esculpidos da cadeira. O barbudo Segelin fez um gesto para Geralt.

– Sente-se, senhor bruxo, sente-se. Já vão servir o jantar. Sobre o que o senhor queria conversar? Acho que o estaroste Velerad já lhe disse tudo o que poderia ser dito. Conheço-o bem; sei que, se ele pecou, foi mais por excesso do que por falta de detalhes.

– Tenho apenas algumas perguntas.

– Pois então as faça.

– O estaroste me contou que após o aparecimento da estrige o rei convocou muitos Versados.

– É verdade. Mas nunca use o termo "estrige"; fale sempre "princesa". Dessa maneira, você diminuirá o risco de cometer esse erro na presença do rei... e o de todas as complicações daí resultantes.

– Entre os Versados havia alguns conhecidos? Famosos?

– Havia, tanto àquela altura como agora. Não me lembro dos nomes... E o senhor, Ostrit?

– Também não me lembro – respondeu este. – Mas sei que alguns deles desfrutavam de fama e reconhecimento. Falou-se muito sobre isso.

– E eles concordavam com a tese de que o feitiço poderia ser desfeito?

– Longe disso – sorriu Segelin. – Discordavam em tudo. Uns afirmavam que poderia ser desfeito; que seria algo relativamente simples, sem a necessidade de habilidades mágicas. Pelo que entendi, bastaria alguém passar uma noite, desde o pôr do sol até o terceiro canto do galo, no subsolo do castelo, junto do sarcófago.

– Efetivamente, algo muito simples – zombou Velerad.

– Gostaria de ouvir uma descrição da... princesa.

Velerad ergueu-se de um pulo.

– A princesa tem o aspecto de uma estrige! – gritou. – A mais estrigenta das estriges de que ouvi falar! Sua Alteza Real, a maldita filha bastarda do rei, mede quatro côvados, lembra uma barrica de cerveja, tem uma bocarra que vai de orelha a orelha e é cheia de dentes afiados como estiletes, olhos vermelhos e cabelos ruivos! Seus braços, tão compridos que chegam até o chão, são providos de garras como as de um lince! Espanta-me o fato de ainda não termos começado a enviar seu retrato às cortes vizinhas! A princesa, que a peste negra a sufoque, já tem catorze anos e está mais do que na hora de casá-la com um príncipe qualquer!

– Acalme-se, estaroste – pediu Ostrit, franzindo o cenho e olhando de esguelha para a porta.

Segelin esboçou um sorriso.

– A descrição – disse –, embora tão imagética, é suficientemente correta, e imagino que era isso que desejava o nobre bruxo, não? Velerad esqueceu de mencionar que a princesa se move com rapidez extraordinária e é muito mais forte do que sua altura e constituição física fazem supor. E o fato de ela ter catorze anos é uma verdade, se é que isso tem alguma importância.

– E tem – afirmou o bruxo. – Ela ataca somente nas noites de lua cheia?

– Sim – respondeu Segelin –, quando ataca fora do castelo antigo. Dentro dele muitas pessoas desapareceram independentemente das fases da lua. Mas ela só sai no plenilúnio, e assim mesmo não em todos.

– Teria havido pelo menos um só ataque durante o dia?

– Não. De dia, não.

– Ela sempre devora suas vítimas?

Velerad cuspiu vigorosamente na palha.

– Irra! E isso é pergunta que se faça logo que vão servir o jantar, Geralt?! – exclamou. – Ela os devora, crava-lhes os dentes, come apenas uma parte ou deixa-os inteiros, certamente dependendo de seu humor no momento. Arrancou a cabeça de um, estripou dois e em outros deixou apenas os ossos... filha da mãe!

– Tenha cuidado com o que fala, Velerad – repreendeu-o com severidade Ostrit. – Pode falar o que quiser sobre a estrige, mas não ofenda Adda em minha presença apenas porque não tem coragem de fazê-lo diante do rei.

– Houve alguém que sobreviveu ao ataque? – perguntou o bruxo, fingindo não ter percebido a explosão do magnata.

Segelin e Ostrit se entreolharam.

– Sim – respondeu o barbudo. – Logo no início, há uns seis anos, ela se atirou sobre dois soldados que estavam de guarda da cripta. Um deles conseguiu fugir.

– E mais tarde – acrescentou Velerad – houve o caso do moleiro que ela atacou fora dos muros da cidade. Estão lembrados?

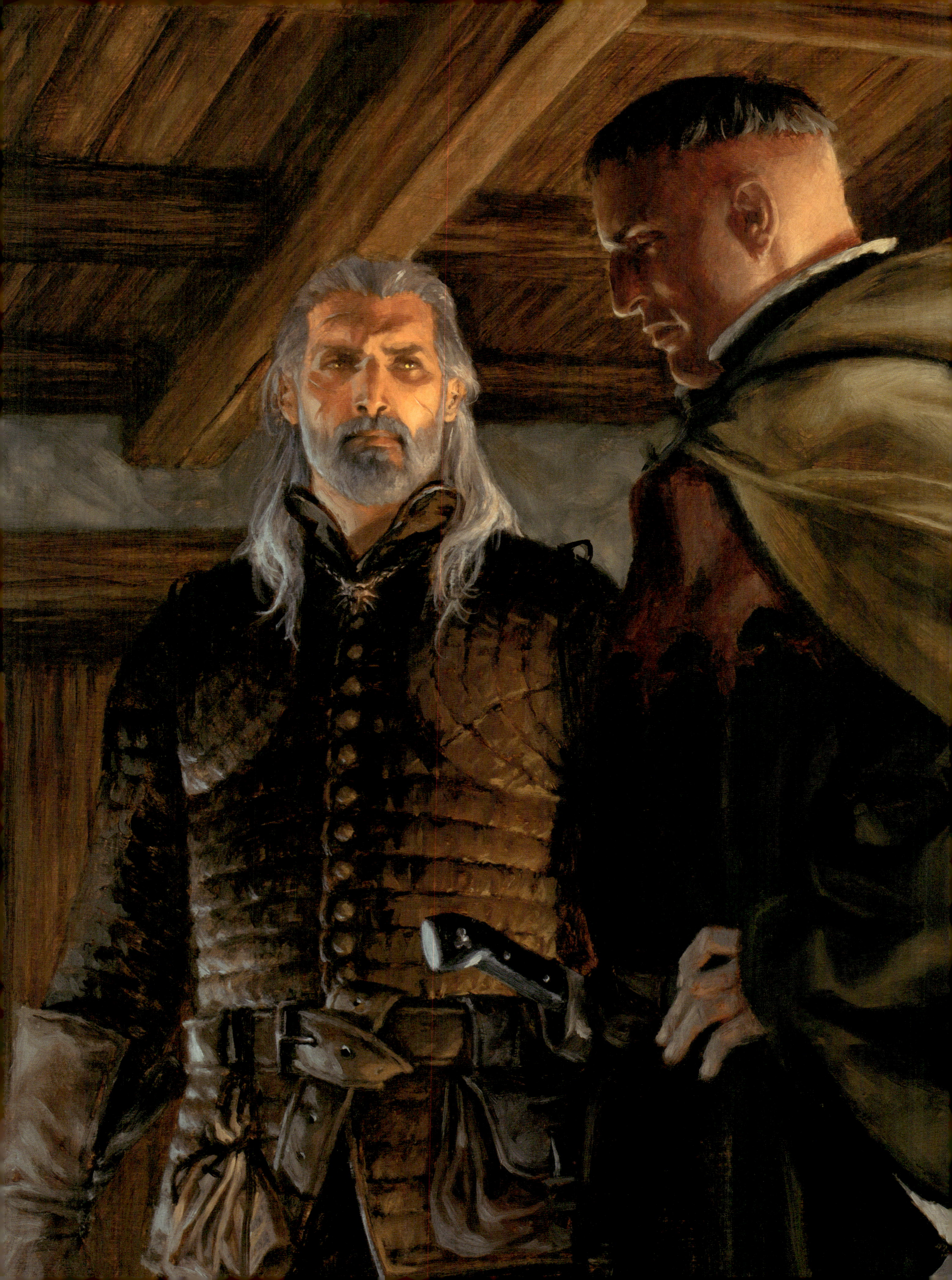

IV

No dia seguinte, já noite avançada, o moleiro foi trazido ao pequeno cômodo sobre a casa da guarda no qual fora alojado o bruxo. Acompanhava-o um guarda encapuzado.

A conversa não trouxe grandes resultados. O moleiro estava apavorado, tartamudeava, gaguejava. Muito mais revelaram ao bruxo as suas cicatrizes: a estrige tinha uma impressionante abertura dos maxilares e dentes realmente afiados, dentre eles quatro caninos superiores, dois de cada lado, muito longos; suas garras eram com certeza mais afiadas do que as de um lince, embora menos recurvadas. Aliás, foi exatamente graças a isso que o moleiro conseguiu escapar com vida.

Concluído seu exame, o bruxo fez sinal ao moleiro e ao guarda, indicando-lhes a saída. O guarda empurrou o camponês para fora do aposento e tirou o capuz. Era Foltest em pessoa.

— Sente-se; não precisa se levantar – disse o rei. – Esta visita não é oficial. Ficou satisfeito com a entrevista? Soube que esteve no castelo antigo pela manhã.

— Sim, Majestade.

— E quando pretende agir?

— Faltam quatro dias para o plenilúnio. Agirei logo depois.

— Quer ter tempo para observá-la antes?

— Não. Mas a es... a princesa estará menos ágil.

— A estrige, Mestre, a estrige. Não percamos tempo com diplomacia. Só mais tarde a estrige voltará a ser princesa. Aliás, é sobre isso mesmo que vim conversar com você. Responda extraoficialmente, de maneira clara e curta: voltará ou não? E não se encubra por nenhum código de honra.

Geralt esfregou a testa e respondeu:

— Confirmo, Majestade, que o feitiço pode ser desfeito. E, a não ser que eu esteja enganado, efetivamente passando uma noite no castelo. Caso o terceiro canto do galo surpreenda a estrige fora do sarcófago, o encanto estará quebrado. É assim que se costuma agir com estriges.

— Tão simples assim?

— Bem, não é tão simples quanto Vossa Majestade imagina. Em primeiro lugar, vai ser preciso sobreviver à noite em questão. Existem, também, variantes desse método, como passar três noites no castelo em vez de uma. Além do mais, podem surgir complicações, imprevistos, até... acidentes fatais.

— Sim – indignou-se Foltest. – Algumas pessoas não se cansam de me falar disso. Segundo elas, o monstro deve ser morto, por ser um caso incurável. Mestre, tenho certeza de que lhe disseram para matar logo de saída e sem cerimônia alguma essa devoradora de seres humanos e, depois, dizer ao rei que não havia outra solução. O rei não vai lhe pagar, mas nós pagaremos. Trata-se de um meio muito prático. E barato, porque o rei mandará decapitar ou enforcar o bruxo e o ouro continuará no bolso deles.

— E o rei mandará decapitar o bruxo assim, sem mais nem menos? – perguntou Geralt, fazendo uma careta.

Foltest fixou o riviano nos olhos por um longo tempo.

— O rei não sabe – respondeu por fim. – Mas o bruxo deveria levar em consideração essa possibilidade.

Foi a vez de Geralt permanecer calado por um momento.

— Pretendo fazer tudo o que estiver a meu alcance para preservá-la – respondeu em seguida. – Mas, se as coisas saírem errado,

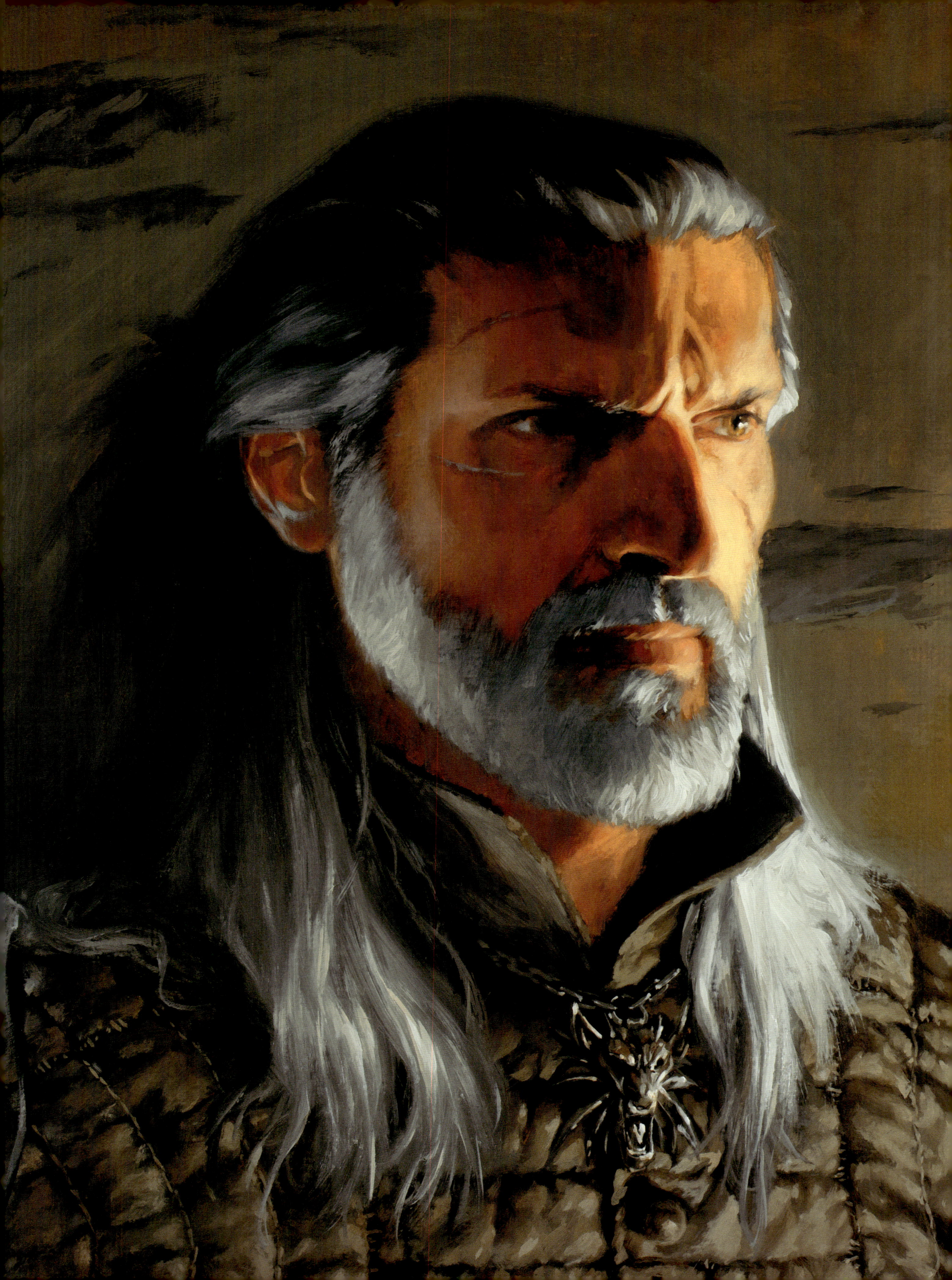

defenderei minha vida, e Vossa Majestade também deve levar em consideração essa eventualidade.

Foltest levantou-se.

– Você não me entendeu – disse. – Não é esse o caso. É óbvio que você terá de matá-la por imperiosa necessidade, independentemente de isso me agradar ou não. Porque, se não o fizer, ela o matará sem a menor sombra de dúvida. É um assunto sobre o qual não me pronuncio oficialmente, mas jamais castigaria alguém que a matasse em legítima defesa. Mas não permitirei que ela seja morta antes de esgotadas todas as possibilidades de salvá-la. Já tentaram incendiar o castelo antigo, dispararam flechas em sua direção, cavaram buracos, prepararam armadilhas e laços, até o momento em que mandei enforcar algumas pessoas. No entanto, não é disso que se trata. Ouça-me, Mestre.

– Sou todo ouvidos.

– Se entendi bem, depois do terceiro canto de galo não haverá mais uma estrige. E o que haverá em seu lugar?

– Se tudo der certo, uma menina de catorze anos.

– De olhos vermelhos? Com dentes de crocodilo?

– Uma adolescente normal. Só que...

– Continue, continue.

– Normal, fisicamente.

– E quanto ao aspecto psíquico? Cada dia um balde de sangue para o café da manhã? A coxa de uma donzela?

– Não. Psiquicamente... É difícil colocar isso em palavras... Creio que ela estará no nível de uma criança de três a quatro anos. Vai precisar de cuidados especiais por bastante tempo.

– Isso está claro. Mas outra coisa me preocupa.

– O quê?

– Que aquilo possa reaparecer mais tarde.

O bruxo permaneceu calado.

– Ah! – disse o rei. – Quer dizer que é possível. E o que deverá ser feito nesse caso?

– Se ela falecer após um desmaio de vários dias, seu corpo deverá ser queimado o mais rapidamente possível.

Foltest ensombrou-se.

– Mas creio que as coisas não chegarão a esse ponto – acrescentou Geralt. – Para maior segurança, darei a Vossa Majestade algumas indicações no intuito de diminuir o risco.

– Já? Não é cedo demais, Mestre? E se...

– Já, neste instante – interrompeu-o o riviano. – Tudo é possível, Majestade. Pode acontecer que Vossa Majestade encontre na cripta uma menina desenfeitiçada e, ao lado dela, meu cadáver.

– Realmente? Apesar de minha permissão para você defender sua vida, à qual parece não dar a devida importância?

– Trata-se de um caso bastante sério, e o risco é enorme. Por isso é preciso que Vossa Majestade preste muita atenção: a princesa deverá portar sempre uma safira, de preferência uma inclusão, pendurada no pescoço numa fina corrente de prata. Sempre. De dia e de noite.

– O que é uma inclusão?

– É uma safira com uma bolha de ar no interior. Além disso, no quarto em que ela dormir, volta e meia deverão ser queimados na lareira alguns ramos de zimbro, genista e aveleira.

Foltest ficou pensativo.

– Agradeço-lhe os conselhos, Mestre. Vou segui-los caso... Agora é sua vez de me ouvir com atenção. Se chegar à conclusão de que a situação é desesperadora, mate-a. Caso consiga desfazer o feitiço e a garota não for... normal... se tiver a menor sombra de dúvida de que seu trabalho não foi concluído totalmente, mate-a. Não precisa ficar com medo, pois não lhe farei mal algum. Gritarei com você na frente dos outros, expulsá-lo-ei do castelo e da cidade, nada mais. Obviamente, não lhe pagarei a recompensa, mas talvez você consiga barganhar alguma coisa de... você sabe de quem.

O rei e o bruxo ficaram em silêncio por um momento.

– Geralt... – disse o rei, pela primeira vez dirigindo-se ao bruxo por seu primeiro nome.

– Sim, Majestade...

– Quanto há de verdade naquilo que andam dizendo que a criança ficou assim porque Adda era minha irmã?

– Não muito. Um feitiço tem de ser lançado por alguém; não existe feitiço capaz de lançar-se por si mesmo. De outro lado, creio que a relação incestuosa de Vossa Majestade tenha sido o motivo para o enfeitiçamento e para o resultado daí advindo.

– É o que penso. Foi o que me disseram alguns Versados, embora não todos. Geralt? De onde vêm esses encantamentos e magias?

– Não sei, Majestade. Os Versados se ocupam do estudo dos motivos dessas aparições. Para nós, bruxos, basta sabermos que uma forte determinação pode causar tal tipo de assombrações e dispormos de conhecimentos para derrotá-las.

– Matando-as?

– Na maior parte das vezes, sim. Aliás, é para isso que somos pagos mais frequentemente. São poucos os que nos contratam para quebrarmos feitiços. Em regra, as pessoas querem apenas se proteger de uma ameaça. No entanto, se o monstro tem seres humanos pesando em sua consciência, então um desejo de vingança poderá vir a fazer parte do jogo.

O rei se levantou, deu alguns passos pelo aposento e parou diante da espada do bruxo pendurada na parede.

– Com esta? – indagou, sem olhar para Geralt.

– Não. Esta é para humanos.

– Foi o que ouvi dizer. Sabe de uma coisa, Geralt? Irei com você para a cripta.

– Isso está fora de questão.

Foltest virou-se. Seus olhos brilhavam.

– Você se dá conta, feiticeiro, de que não cheguei a vê-la? Nem logo após seu nascimento nem... depois. Tive medo. Pode ser que nunca mais a veja, não é verdade? Por isso tenho o direito de estar presente quando você matá-la.

– Repito que isso está fora de questão. Seria morte certa, tanto para Vossa Majestade como para mim. Se eu perder um pouquinho de concentração, de força de vontade... Não, Majestade.

Foltest encaminhou-se para a porta. Por um momento, Geralt teve a impressão de que ele sairia sem dizer uma palavra, sem um gesto de despedida. Mas o rei parou, virou-se e olhou para ele.

– Você inspira confiança – disse –, apesar de eu saber quão velhaco pode ser. Contaram-me o que se passou naquela taberna. Tenho certeza de que matou aqueles dois vagabundos exclusivamente para chamar a atenção para si, para chocar as pessoas e chegar a mim. Está mais do que claro que poderia contê-los sem a necessidade daquela matança toda. Nunca saberei se você está indo para salvar minha filha ou para matá-la. Mas aceito. Sou forçado a aceitar. E sabe por quê?

Geralt não respondeu.

– Porque acho – continuou o rei – que ela está sofrendo. Estou certo?

O bruxo olhou para ele com os olhos penetrantes. Não confirmou, não meneou a cabeça, não fez gesto algum. Entretanto, Foltest compreendeu. Sabia a resposta.

V

Geralt olhou pela janela do castelo pela última vez. Anoitecia rapidamente. Do outro lado do lago, tremulavam as pouco visíveis luzes de Wyzim. Toda a área em volta do castelo se tornara um descampado, um cinturão de terra de ninguém que, nos últimos seis anos, separava a cidade daquele lugar perigoso. Nada havia ali além de ruínas, vigas apodrecidas e restos de uma paliçada cheia de brechas que, ao que tudo indicava, não teria valido a pena desmontar e transportar para outro lugar. O próprio rei transferira sua residência para o mais longe possível, no lado oposto da cidade. A corpulenta torre do novo castelo avultava à distância, tendo por fundo o escuro céu azul-marinho.

O bruxo olhou ao redor do cômodo, vazio e saqueado, e retornou à empoeirada mesa junto da qual, lenta e calmamente, começou a se preparar. Sabia que dispunha de tempo. A estrige não sairia da cripta antes da meia-noite.

Sobre a mesa havia uma pequena caixa com guarnições metálicas. Abriu-a. Em seu interior, apertados em minúsculos compartimentos forrados de feno, encontravam-se diversos frasquinhos de vidro escuro. O bruxo retirou três deles.

Levantou do chão um embrulho comprido, envolto em pele de ovelha e amarrado com tiras de couro. Desenrolou-o e dele tirou uma espada de punho lavrado. A lâmina era protegida por uma brilhante bainha coberta de fileiras de runas e símbolos místicos. O bruxo desnudou a lâmina, que brilhou como um espelho. Era de prata pura.

Geralt sussurrou uma fórmula mágica e bebeu o conteúdo de dois dos frascos, pondo, a cada gole, a mão sobre a empunhadura da espada. Depois, envolveu-se cuidadosamente em seu manto negro e sentou-se no chão, já que no aposento, assim como em todo o castelo, não havia cadeira alguma.

Permaneceu imóvel e com os olhos cerrados. A respiração, regular de início, logo ficou acelerada, rouca, agitada, e então cessou por completo. A mistura graças à qual o bruxo assumiu pleno controle de todos os órgãos do corpo era composta, basicamente, de veratro, estramônio, pilriteiro e eufórbio; os demais ingredientes não tinham nome em nenhuma língua humana. Para alguém que não estivesse acostumado a ela desde criancinha, assim como Geralt, seria um veneno mortal.

O bruxo repentinamente virou a cabeça. Sua audição, potencializada ao extremo naquele momento, captou sem dificuldade o som de passos no pátio coberto de urtigas. Não podia ser a estrige; era cedo demais. Geralt colocou a espada às costas, ocultou o embrulho na chaminé da lareira e, silenciosamente como um morcego, desceu correndo as escadas.

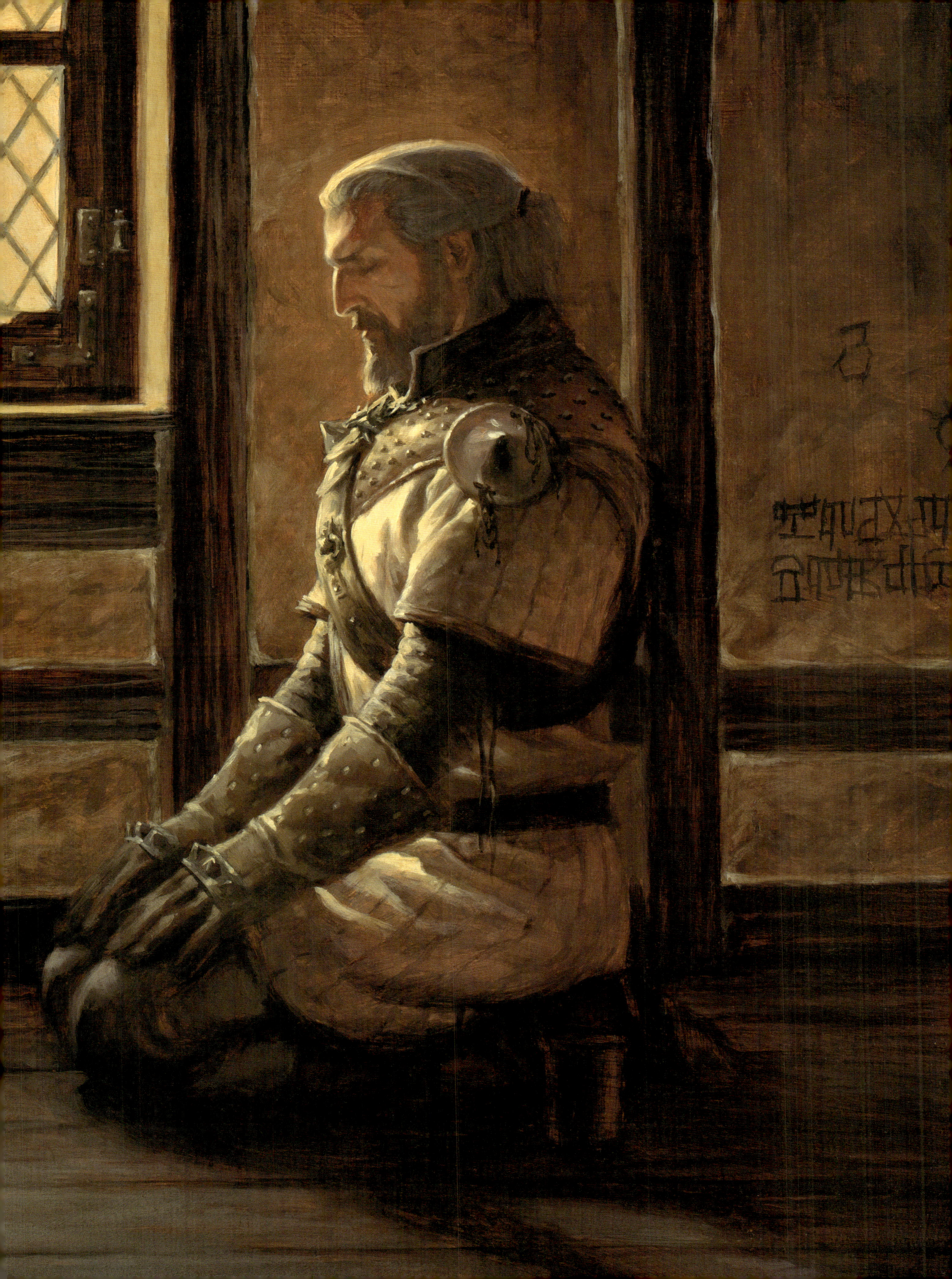

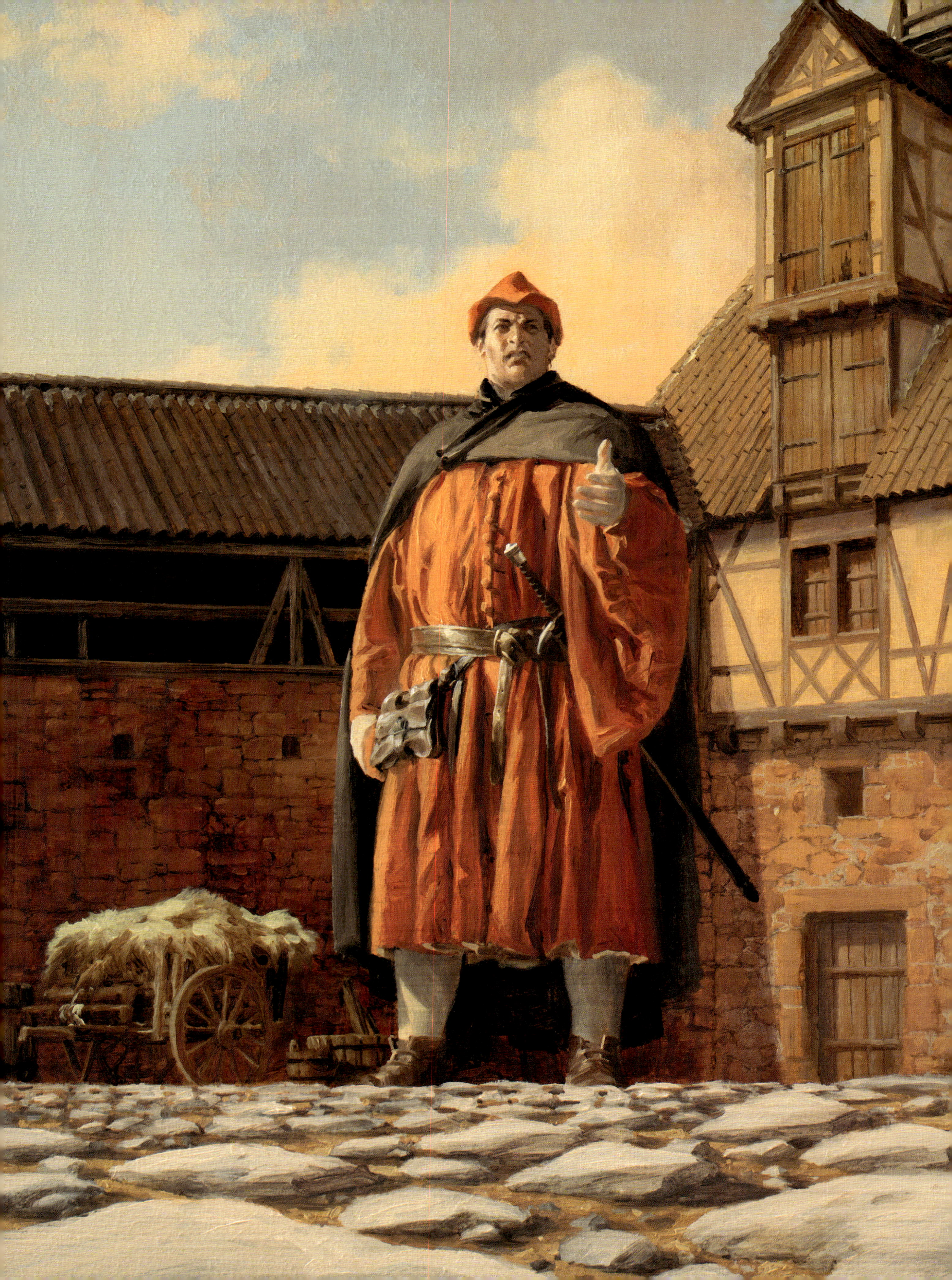

O pátio ainda estava claro o bastante para que o homem que se aproximava pudesse ver o rosto do bruxo! Era o magnata Ostrit, que deu um passo para trás; um involuntário esgar de terror e asco contorceu-lhe os lábios. O bruxo sorriu ironicamente, pois sabia qual era seu aspecto. Depois de ingerir a mistura de beladona, acônito e eufrásia, seu rosto adquirira a cor de giz e suas pupilas se expandiram por toda a íris. O elixir, no entanto, permitia enxergar no escuro, e era isso que Geralt desejava.

Ostrit recuperou rapidamente o autocontrole.

– Você já está com a aparência de um cadáver, feiticeiro – disse –, certamente de medo. Mas não precisa ficar assustado. Trago-lhe anistia.

O bruxo não respondeu.

– Não ouviu o que eu disse, seu sabichão riviano? Você está salvo. E rico. – Ostrit pesou na mão uma bolsa de razoável tamanho e atirou-a aos pés de Geralt. – Mil ducados. Pegue-os, monte em seu cavalo e suma daqui!

O riviano continuou calado.

– Não fique arregalando os olhos para mim! – exclamou Ostrit, erguendo a voz. – E não desperdice meu tempo. Não tenho a mínima intenção de ficar aqui até a meia-noite. Deu para entender? Não quero que você desfaça feitiço algum. Não, não pense que você adivinhou. Não faço parte do complô de Velerad e Segelin; não quero que a mate. Tudo o que deve fazer é sumir daqui. As coisas têm de continuar como estão.

O bruxo não se mexeu. Não queria que o magnata percebesse quanto suas reações e seus movimentos se aceleravam naquele instante. Escurecia rapidamente, e isso era vantajoso para ele, pois até a penumbra do crepúsculo era muito clara para suas pupilas dilatadas.

– E por que, senhor magnata, as coisas têm de continuar como estão? – perguntou, esforçando-se para proferir lentamente cada palavra.

– Eis algo que não lhe diz respeito – respondeu Ostrit com empáfia.

– E se eu já o soubesse?

– Ah, é? Prossiga.

– Não seria mais fácil destituir Foltest do trono se a estrige ameaçasse ainda mais as pessoas e a loucura do rei desagradasse a todos, tanto os magnatas como o populacho? Vindo para cá, passei pela Redânia e por Novigrad. Comenta-se por lá que não faltam pessoas em Wyzim que consideram o rei Vizimir um libertador e um rei de verdade. Só que a mim, prezado senhor Ostrit, nada interessa a política nem a questão sucessória de tronos, tampouco golpes palacianos. Estou aqui para executar uma tarefa. Será que nunca ouviram falar do sentimento de obrigação ou de simples honestidade? De ética profissional?

– Não sabe a quem você está se dirigindo, seu vagabundo?! – exclamou Ostrit, colocando a mão no punho da espada. – Basta! Não tenho o hábito de discutir com qualquer um! Quem é você para me falar de ética, de moral e de códigos de comportamento? Um joão-ninguém que, assim que chega, mata duas pessoas? Alguém que se curva em mesuras diante de Foltest, enquanto, a suas costas, barganha com Velerad como um assassino de aluguel? E é você que se atreve a erguer a cabeça diante de mim? Quer bancar um Versado? Um grande mago? Um feiticeiro? Você, um bruxo imundo? Suma daqui antes que lhe acerte as fuças com a lâmina de minha espada!

O bruxo não se moveu, respondendo calmamente:

– É o senhor que vai sumir daqui, senhor Ostrit. Está escurecendo.

O magnata deu um passo para trás e sacou sua espada.

– Foi você que pediu isso, feiticeiro. Vou matá-lo. De nada lhe servirão seus truques, pois disponho de uma pedra-tartaruga.

Geralt sorriu. A reputação do poder das pedras-tartaruga, que não passavam de matérias minerais formadas pela ação das águas, de formato oval e com ranhuras na superfície, era tão disseminada quanto falsa. O bruxo, porém, não quis perder tempo com fórmulas mágicas, menos ainda em cruzar a lâmina de prata de sua espada com a de Ostrit. Esquivou-se dos movimentos giratórios da arma do magnata e desferiu-lhe um golpe na testa com o punho da manga adornado de tachões de prata.

VI

Ostrit recuperou os sentidos em pouco tempo. Olhou em volta, na mais completa escuridão, e notou que estava amarrado. Não podia ver Geralt parado a seu lado, mas deu-se conta de onde se encontrava e soltou um horripilante grito de terror.

– Cale-se, senão você vai atraí-la antes do tempo – ordenou-lhe o bruxo.

– Seu assassino maldito! Onde você está? Desate-me imediatamente, seu desgraçado! Você será enforcado por esse crime, filho de uma cadela!

– Cale a boca.

Ostrit arfou pesadamente.

– Você vai me deixar aqui, assim amarrado, para que ela me devore? – perguntou em voz mais baixa e murmurando um palavrão.

– Não – respondeu o bruxo. – Vou soltá-lo, mas não agora.

– Seu canalha – sibilou o magnata. – Para distrair a estrige?

Ostrit calou-se, parou de se agitar e ficou deitado.

– Bruxo?

– Sim...

– É verdade que eu quis derrubar Foltest, e não fui o único. Mas apenas eu desejava sua morte; queria que ele morresse em sofrimentos mais profundos, que perdesse a razão, que apodrecesse. E sabe por quê?

Geralt permanecia calado.

– Porque eu amava Adda. A irmã do rei... A amante do rei... A puta do rei... Eu estava apaixonado por ela... Bruxo, você ainda está aí?

– Estou.

– Sei o que está pensando. Mas não foi assim. Quero que acredite que não lancei mão de feitiço algum. Não tenho conhecimentos no campo da magia negra. Apenas uma vez, tomado de ódio, eu disse... Bruxo, está ouvindo?

– Sim.

– Foi a mãe deles, a rainha. Tenho certeza de que foi ela. Ela não aguentava mais ver Adda e ele... Não fui eu. Somente uma vez, sabe, tentei persuadir Adda... Mas ela... Bruxo! Eu perdi a cabeça e disse... Bruxo, teria sido eu?

– Agora, isso não tem mais importância alguma.

– Bruxo, falta pouco para meia-noite?

– Pouco.

– Solte-me. Dê-me mais tempo.

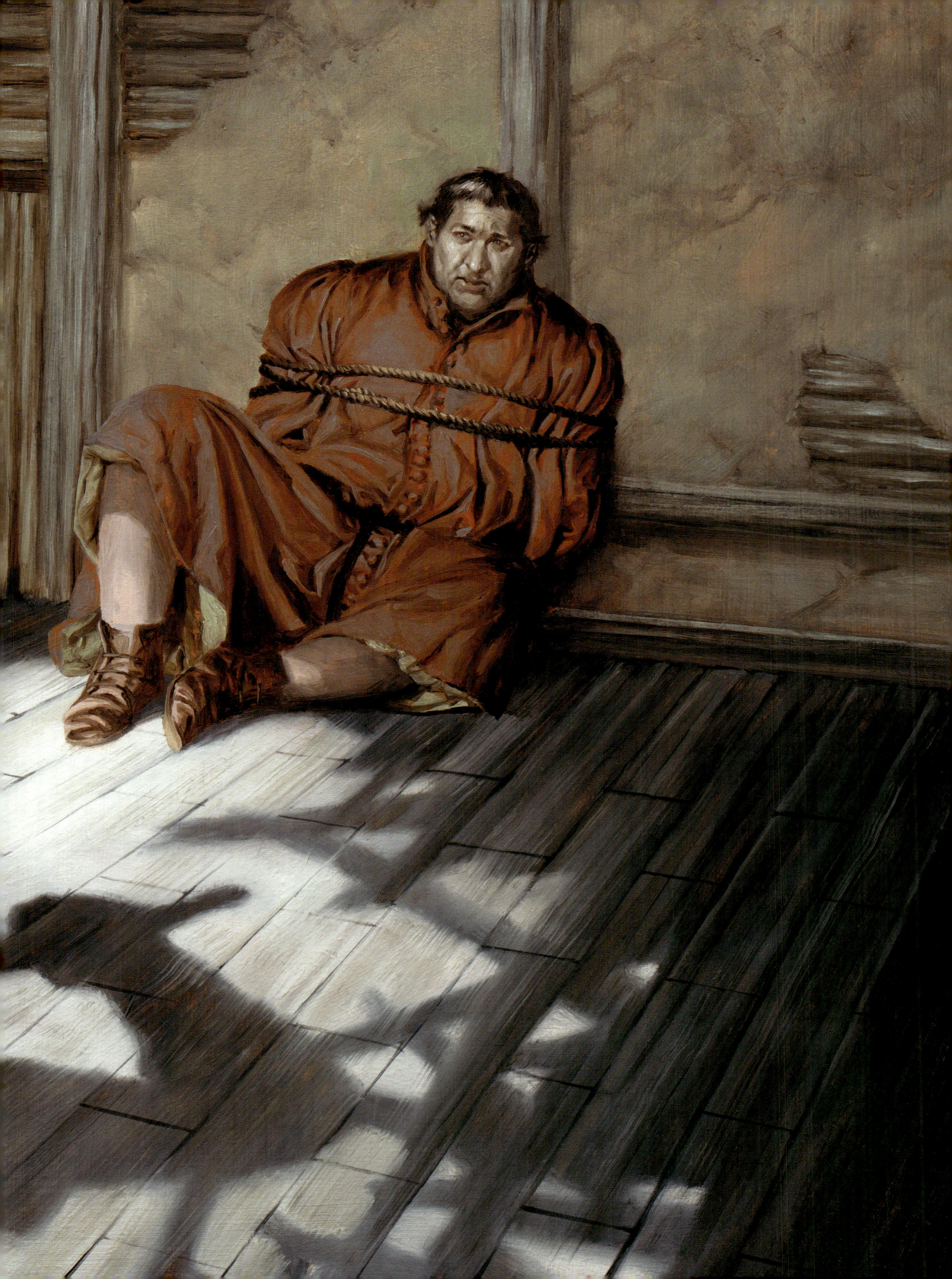

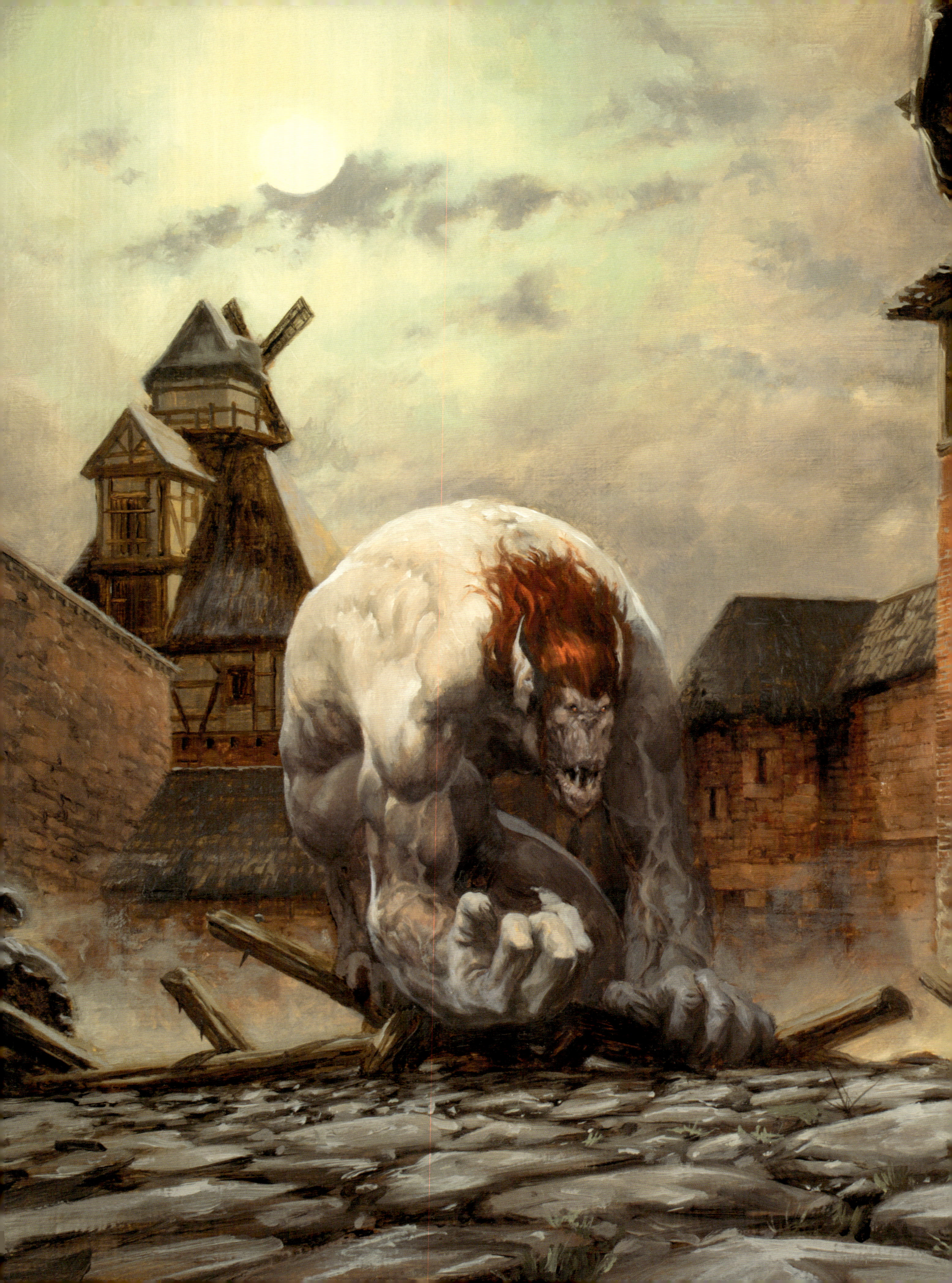

— Não.

Ostrit não ouviu o rangido da lápide se movendo sobre a tumba, mas o bruxo, sim. Inclinou-se e cortou com um punhal as cordas que o amarravam. O magnata não perdeu tempo: levantou-se de um pulo e, coxeando sobre membros enrijecidos, se pôs a fugir. Sua visão se acostumara o suficiente à escuridão para enxergar o caminho que levava do salão principal à saída.

A parte do piso que bloqueava a entrada à cripta saltou do chão, caindo com estrondo. Geralt, prudentemente escondido detrás da balaustrada da escadaria, viu a encurvada silhueta da estrige correndo ágil, rápida e certeiramente atrás do retumbo das botas de Ostrit, sem emitir som algum.

Um monstruoso grito frenético rasgou a noite, sacudiu os muros do castelo e pairou no ar por muito tempo, ora se erguendo, ora caindo, vibrante. O bruxo não conseguia calcular a distância – seu exacerbado sentido de audição o confundia –, mas percebeu que a estrige alcançara o alvo muito rápido. Rápido demais.

Saiu do esconderijo e plantou-se no centro do salão, junto do acesso à cripta. Desembaraçou-se do manto, agitou os ombros para ajustar corretamente a posição da longa espada com lâmina de prata e vestiu as luvas de esgrima. Dispunha ainda de um pouco de tempo. Sabia que a estrige, embora saciada após o último plenilúnio, não largaria tão cedo o cadáver de Ostrit. Para ela, o coração e o fígado constituíam valiosos alimentos para os longos períodos de letargia.

O bruxo aguardava. Calculava que faltavam ainda em torno de três horas para o amanhecer. Aguardar o canto do galo apenas o confundiria. Aliás, provavelmente não existiam galos nas redondezas.

Ouviu-a. Avançava lentamente, arrastando os pés pelo chão. Depois, conseguiu vê-la.

A descrição fora correta. A desproporcionalmente grande cabeça apoiada num pescoço curto era circundada por uma emaranhada e retorcida auréola de cabelos vermelhos. Os olhos brilhavam na escuridão como dois tições. A estrige estava imóvel, com os olhos fixos em Geralt. De repente, abriu a bocarra, como se quisesse gabar-se das fileiras de alvas presas pontudas, e logo a fechou com um estrondo que lembrava o som da tampa de um baú se fechando. Em seguida, saltou do lugar em que estava sem tomar sequer um impulso e tentou acertar o bruxo com as garras ensanguentadas.

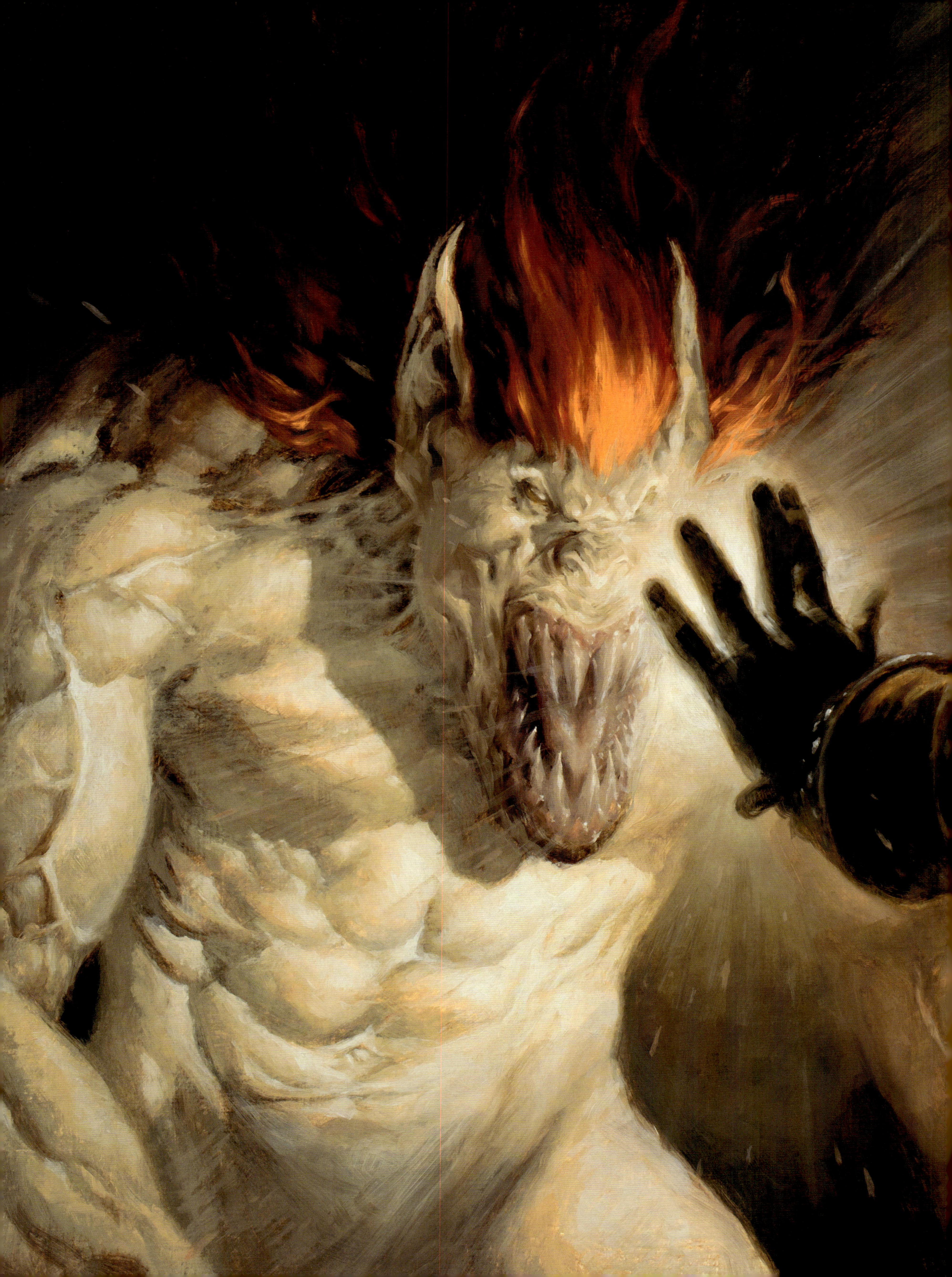

Geralt pulou para o lado e fez uma pirueta. A estrige roçou nele, também rodopiou e rasgou o ar com as garras. Sem perder o equilíbrio, voltou a atacar imediatamente, mesmo antes de completar o giro, mirando o peito de Geralt. O riviano saltou para o lado contrário e deu três rodopios em sentidos opostos, confundindo a estrige e desferindo-lhe na cabeça uma pancada com as puas de prata fixadas na parte externa da luva.

A estrige lançou um grito terrível, preenchendo o castelo com um eco retumbante. Encolheu-se no chão e começou a uivar de maneira surda, ameaçadora e furiosa.

O bruxo sorriu maliciosamente. Conforme esperara, o primeiro teste fora positivo. A prata revelara-se tão fatal à estrige quanto à maior parte dos monstros trazidos à vida por feitiços. Portanto, havia uma chance: a besta era como as outras, o que poderia garantir um desenfeitiçamento, além de fazer com que, como último recurso, a espada de prata lhe salvasse a vida.

A estrige não demonstrava pressa em iniciar novo ataque. Aproximava-se devagar, arreganhando as presas e babando horrivelmente. Geralt recuou, andando em semicírculo e colocando os pés com cuidado um após o outro, ora acelerando, ora desacelerando as passadas, com o que tirava a concentração da estrige e lhe dificultava tomar impulso para um salto. Ao mesmo tempo que se movia, o bruxo ia desenrolando uma fina, comprida e sólida corrente com um peso na ponta. A corrente era de prata.

No momento em que a estrige iniciou o salto, a corrente sibilou no ar e, contorcendo-se como uma cobra, enroscou-se nos ombros, no pescoço e na cabeça do monstro. A besta desabou por terra no meio do pulo, soltando um uivo de perfurar os tímpanos. Agitava-se convulsivamente no chão, berrando, desesperada – não era possível saber se de raiva ou da dilacerante dor provocada pelo odiado metal. Geralt estava satisfeito. Se quisesse, não teria dificuldade em matá-la. No entanto, não desembainhou a espada. Até aquele momento, nada no comportamento da estrige dava motivo para duvidar de que seu caso fosse incurável. Geralt recuou a uma prudente distância e, sem tirar os olhos do vulto que se agitava no chão, respirou profundamente, concentrando-se.

A corrente se rompeu. Os elos de prata voaram por todos os lados como gotas de chuva, tilintando ao caírem no chão. Cego de raiva, o monstro lançou-se ao ataque. Geralt aguardou calmamente e traçou com a mão esquerda erguida o Sinal de Aard.

A estrige cambaleou e deu uns passos para trás como se tivesse sido atingida por um martelo. Mesmo assim, manteve-se de pé, estendeu as garras e arreganhou as presas. Os cabelos se arrepiaram e ficaram se agitando como se estivessem expostos a uma ventania. Apesar de mover-se lenta e penosamente, avançava.

Geralt ficou preocupado. Se, de um lado, não esperava que esse Sinal tão simples pudesse paralisar por completo a besta, de outro, não imaginara que ela pudesse superá-lo com tanta facilidade. Não podia sustentar o Sinal por muito mais tempo – era exaustivo demais –, e o monstro tinha menos de dez passos para percorrer. Desfez subitamente o Sinal e pulou para um lado. A surpreendida estrige não conseguiu interromper o avanço, perdeu o equilíbrio, caiu, deslizou pelo chão e rolou escadas abaixo através da entrada da cripta. Seus uivos infernais podiam ser ouvidos do lado de fora.

Para ganhar tempo, Geralt correu para as escadas que levavam à galeria. Não estava ainda na metade dos degraus quando a estrige saiu da cripta, arrastando-se como uma enorme aranha negra. O bruxo aguardou até ela começar a subir, pulou a balaustrada e saltou para o piso. A besta virou-se no degrau e se atirou sobre ele, num salto inimaginável de mais de dez metros de distância. Já não se deixava iludir por suas piruetas; por duas vezes suas garras arranharam o colete de couro do riviano, mas outro violento golpe das puas de prata a fez cambalear. Geralt, sentindo uma crescente onda de raiva, arqueou o corpo para trás e desferiu um violento pontapé no flanco da estrige, derrubando-a no chão.

O uivo que ela soltou foi mais alto que todos os anteriores, fazendo parte do reboco do teto desabar.

A estrige ergueu-se, tremendo de incontrolável fúria e desejo de sangue. O bruxo a aguardava. Havia desembainhado sua espada e descrevia com ela círculos no ar. Passou a andar em torno da besta, prestando atenção para que os movimentos da espada não estivessem alinhados com o ritmo e o tempo de suas passadas. O monstro não saltou; aproximou-se lentamente, seguindo com os olhos o brilhante rasto da lâmina de prata.

Geralt parou de repente e ergueu a espada. Desconcentrada, a estrige também parou. O bruxo fez um lento semicírculo com a lâmina e deu um passo na direção dela. Depois, mais um. E então um salto, girando rapidamente a espada sobre a cabeça do monstro.

A estrige se agachou e começou a recuar em zigue-zague. Geralt estava novamente próximo, a lâmina da espada cintilando. Nos olhos da besta surgiu um brilho maligno e por entre suas presas cerradas saiu um som rouco. Continuou a arrastar-se para trás, movida pela concentrada força de raiva, maldade e violência que emanava daquele homem e a atingia em ondas, infiltrando-se em seu cérebro e em suas entranhas. Apavorada a ponto de sentir uma dor até então desconhecida, soltou um fino grunhido e, dando meia-volta, saiu correndo, desorientada, para os labirínticos corredores do castelo.

Geralt, sacudido por um violento tremor, ficou sozinho no centro do salão. Como demorou, pensou, até aquela dança à beira do precipício, aquele louco e macabro balé bélico chegar ao objetivo desejado: permitir-lhe atingir a paridade psíquica com sua oponente; alcançar o mesmo nível de concentração de força de vontade que transbordava da estrige, daquela força de vontade maligna e doentia da qual ela surgira. O bruxo ficou arrepiado só de se lembrar do momento em que absorveu em si aquela carga de maldade para usá-la como um espelho contra o monstro. Jamais se defrontara com tamanha concentração de ódio e loucura assassina, mesmo entre os basiliscos, que gozavam da pior fama nesse quesito.

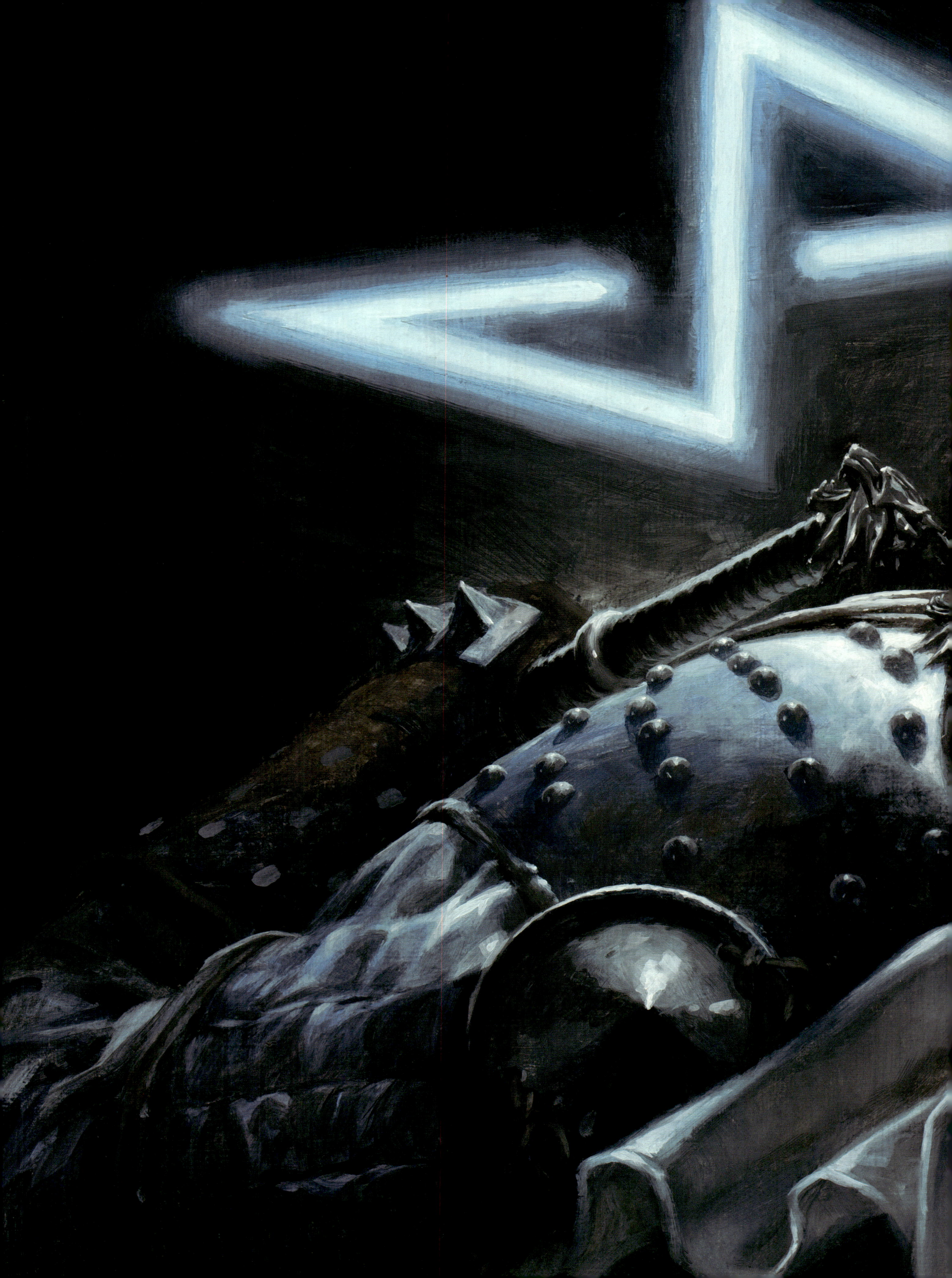

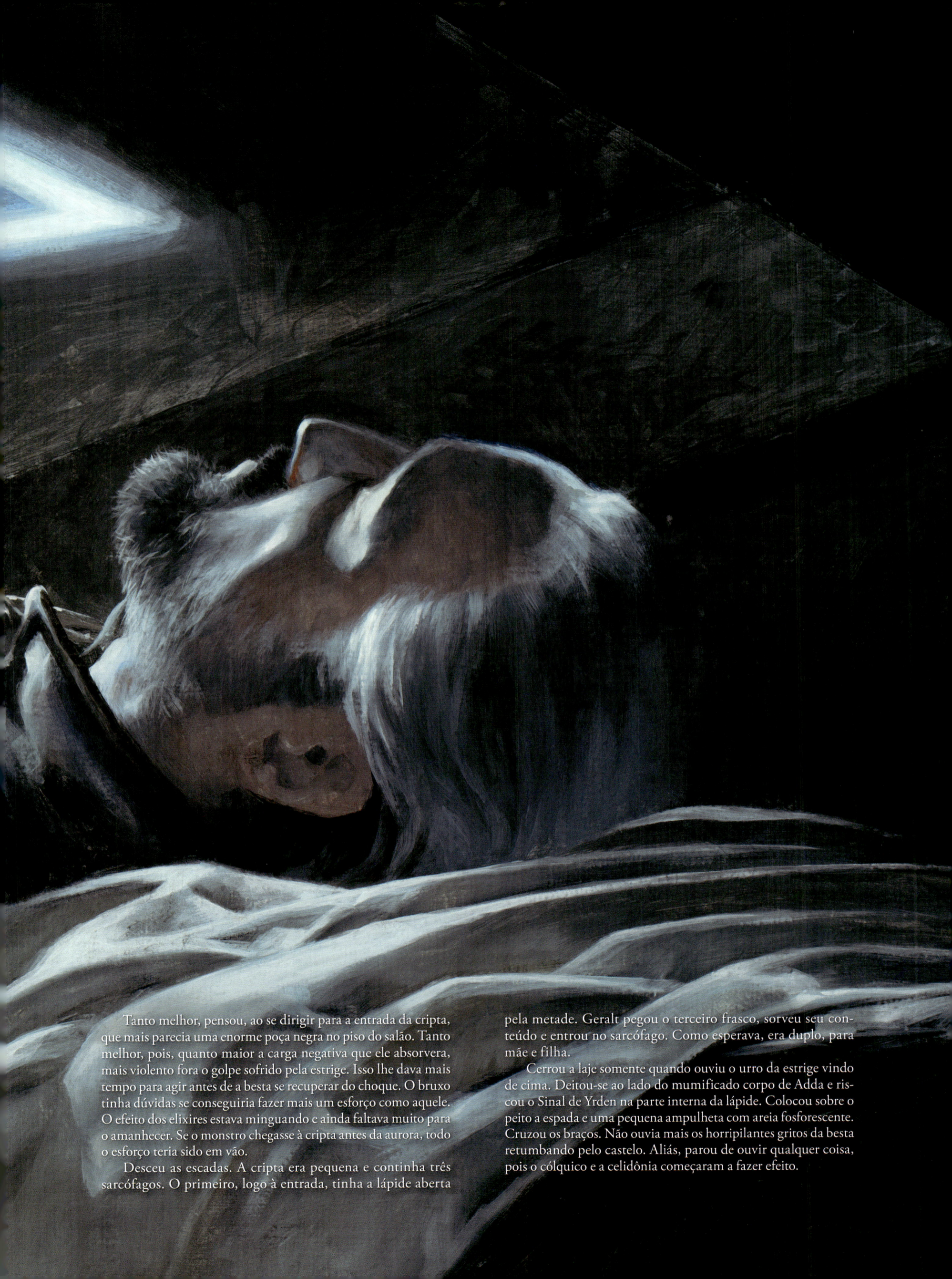

Tanto melhor, pensou, ao se dirigir para a entrada da cripta, que mais parecia uma enorme poça negra no piso do salão. Tanto melhor, pois, quanto maior a carga negativa que ele absorvera, mais violento fora o golpe sofrido pela estrige. Isso lhe dava mais tempo para agir antes de a besta se recuperar do choque. O bruxo tinha dúvidas se conseguiria fazer mais um esforço como aquele. O efeito dos elixires estava minguando e ainda faltava muito para o amanhecer. Se o monstro chegasse à cripta antes da aurora, todo o esforço teria sido em vão.

Desceu as escadas. A cripta era pequena e continha três sarcófagos. O primeiro, logo à entrada, tinha a lápide aberta pela metade. Geralt pegou o terceiro frasco, sorveu seu conteúdo e entrou no sarcófago. Como esperava, era duplo, para mãe e filha.

Cerrou a laje somente quando ouviu o urro da estrige vindo de cima. Deitou-se ao lado do mumificado corpo de Adda e riscou o Sinal de Yrden na parte interna da lápide. Colocou sobre o peito a espada e uma pequena ampulheta com areia fosforescente. Cruzou os braços. Não ouvia mais os horripilantes gritos da besta retumbando pelo castelo. Aliás, parou de ouvir qualquer coisa, pois o cólquico e a celidônia começaram a fazer efeito.

VII

Quando Geralt abriu os olhos, a areia na ampulheta já escorrera quase totalmente para a parte inferior, o que significava que sua letargia durara mais do que o devido. Aguçou os ouvidos e não ouviu som algum. Seus sentidos haviam retornado ao estado normal.

Empunhou a espada, murmurou uma fórmula mágica, passou a mão pela parte interna da laje que cobria o sarcófago e deslocou ligeiramente a lápide.

Silêncio.

Afastou a tampa um pouco mais, sentou-se e, segurando a arma em posição de defesa, ergueu a cabeça para fora da tumba. A cripta estava mergulhada na escuridão, mas ele sabia que amanhecia. Com uma pederneira, acendeu uma pequena lamparina, que projetou estranhas sombras nas paredes da cripta.

Estava vazia.

Saiu do sarcófago com dificuldade, o corpo dolorido, transido de frio e enrijecido. Foi quando a viu, jazendo de costas perto da tumba, nua e desfalecida. Era feia, suja, magrinha, com seios pequenos e pontudos. Seus cabelos cor de cobre chegavam quase à cintura.

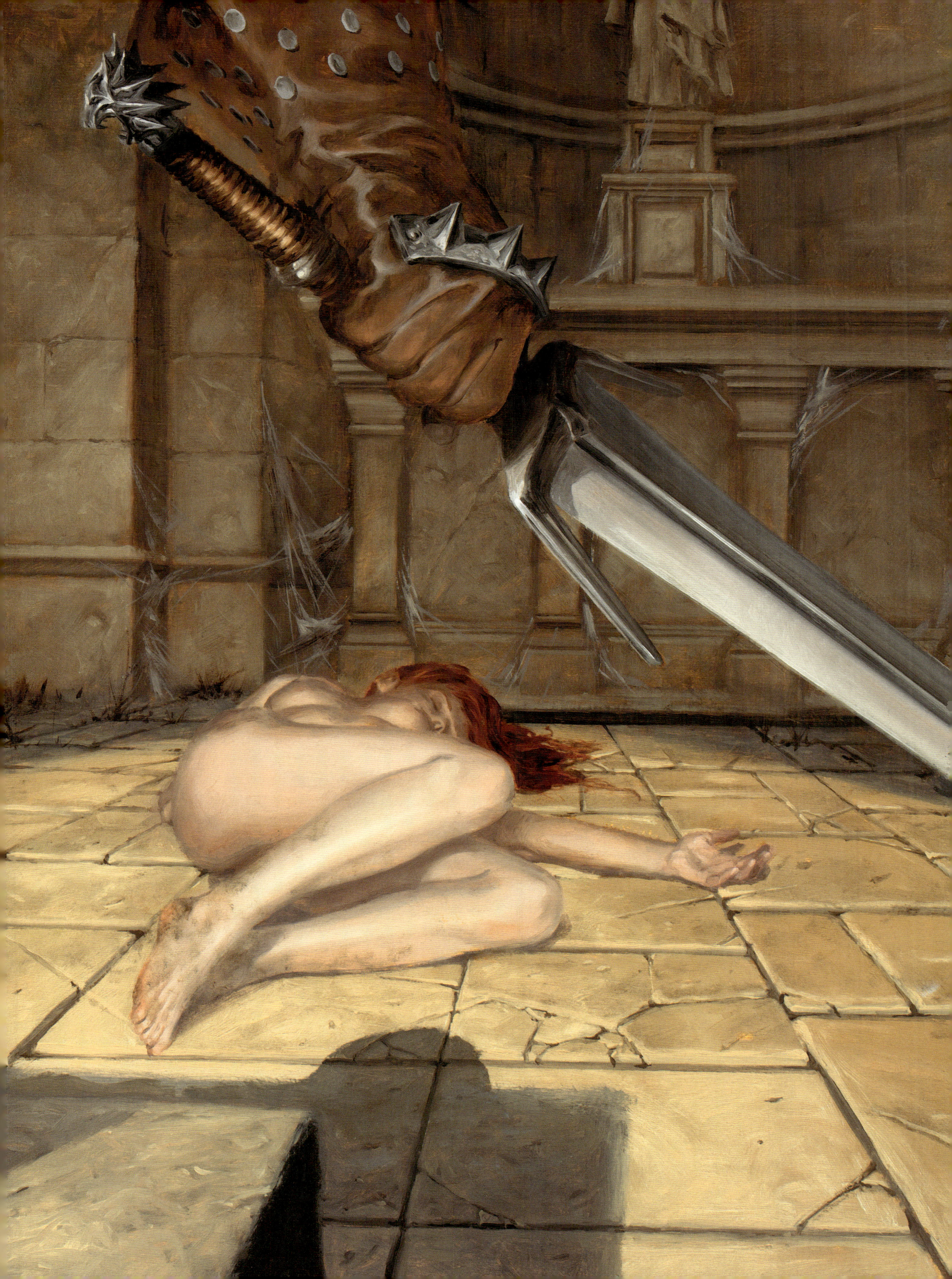

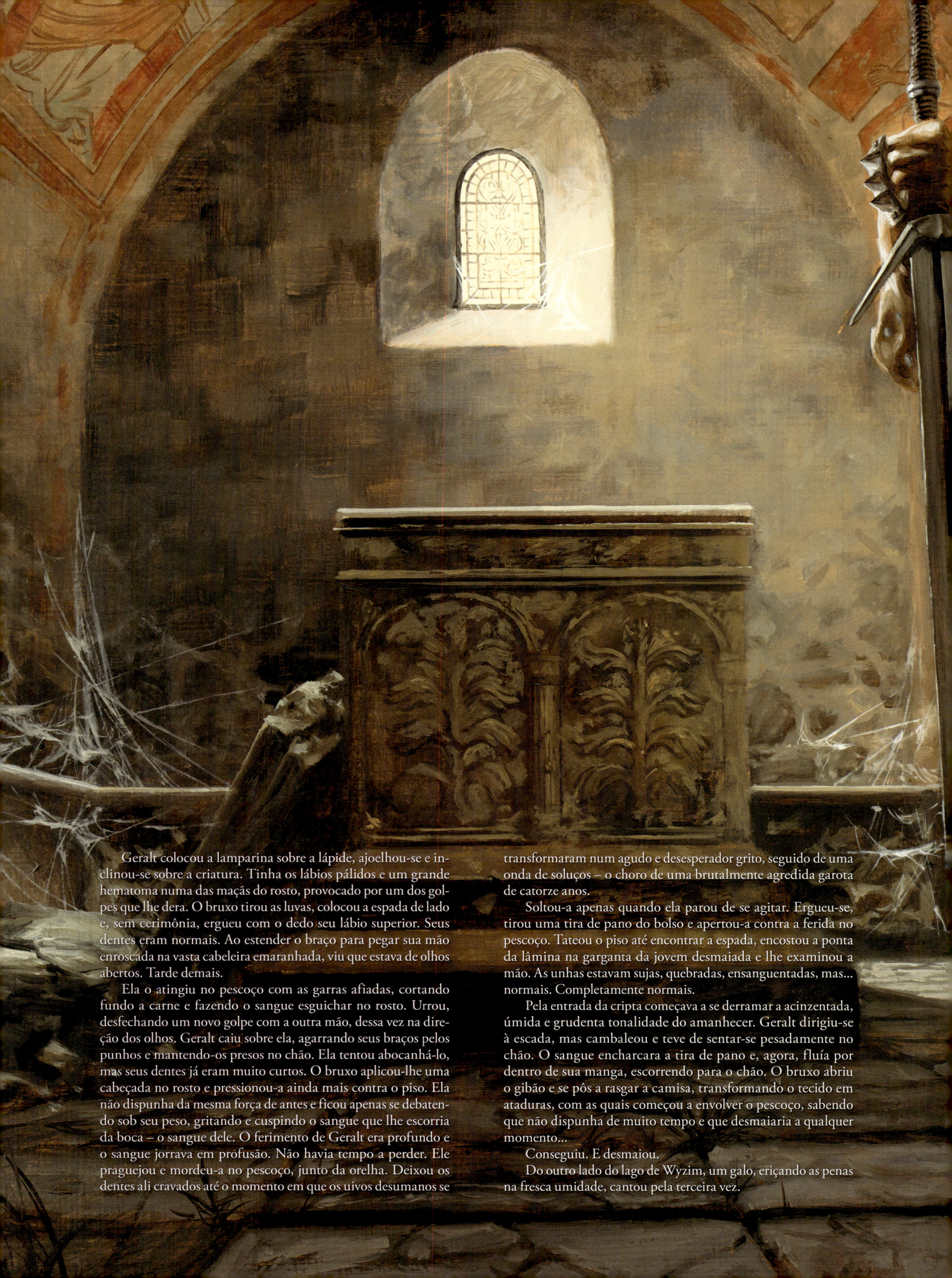

Geralt colocou a lamparina sobre a lápide, ajoelhou-se e inclinou-se sobre a criatura. Tinha os lábios pálidos e um grande hematoma numa das maçãs do rosto, provocado por um dos golpes que lhe dera. O bruxo tirou as luvas, colocou a espada de lado e, sem cerimônia, ergueu com o dedo seu lábio superior. Seus dentes eram normais. Ao estender o braço para pegar sua mão enroscada na vasta cabeleira emaranhada, viu que estava de olhos abertos. Tarde demais.

Ela o atingiu no pescoço com as garras afiadas, cortando fundo a carne e fazendo o sangue esguichar no rosto. Urrou, desfechando um novo golpe com a outra mão, dessa vez na direção dos olhos. Geralt caiu sobre ela, agarrando seus braços pelos punhos e mantendo-os presos no chão. Ela tentou abocanhá-lo, mas seus dentes já eram muito curtos. O bruxo aplicou-lhe uma cabeçada no rosto e pressionou-a ainda mais contra o piso. Ela não dispunha da mesma força de antes e ficou apenas se debatendo sob seu peso, gritando e cuspindo o sangue que lhe escorria da boca — o sangue dele. O ferimento de Geralt era profundo e o sangue jorrava em profusão. Não havia tempo a perder. Ele praguejou e mordeu-a no pescoço, junto da orelha. Deixou os dentes ali cravados até o momento em que os uivos desumanos se transformaram num agudo e desesperador grito, seguido de uma onda de soluços — o choro de uma brutalmente agredida garota de catorze anos.

Soltou-a apenas quando ela parou de se agitar. Ergueu-se, tirou uma tira de pano do bolso e apertou-a contra a ferida no pescoço. Tateou o piso até encontrar a espada, encostou a ponta da lâmina na garganta da jovem desmaiada e lhe examinou a mão. As unhas estavam sujas, quebradas, ensanguentadas, mas... normais. Completamente normais.

Pela entrada da cripta começava a se derramar a acinzentada, úmida e grudenta tonalidade do amanhecer. Geralt dirigiu-se à escada, mas cambaleou e teve de sentar-se pesadamente no chão. O sangue encharcara a tira de pano e, agora, fluía por dentro de sua manga, escorrendo para o chão. O bruxo abriu o gibão e se pôs a rasgar a camisa, transformando o tecido em ataduras, com as quais começou a envolver o pescoço, sabendo que não dispunha de muito tempo e que desmaiaria a qualquer momento...

Conseguiu. E desmaiou.

Do outro lado do lago de Wyzim, um galo, eriçando as penas na fresca umidade, cantou pela terceira vez.

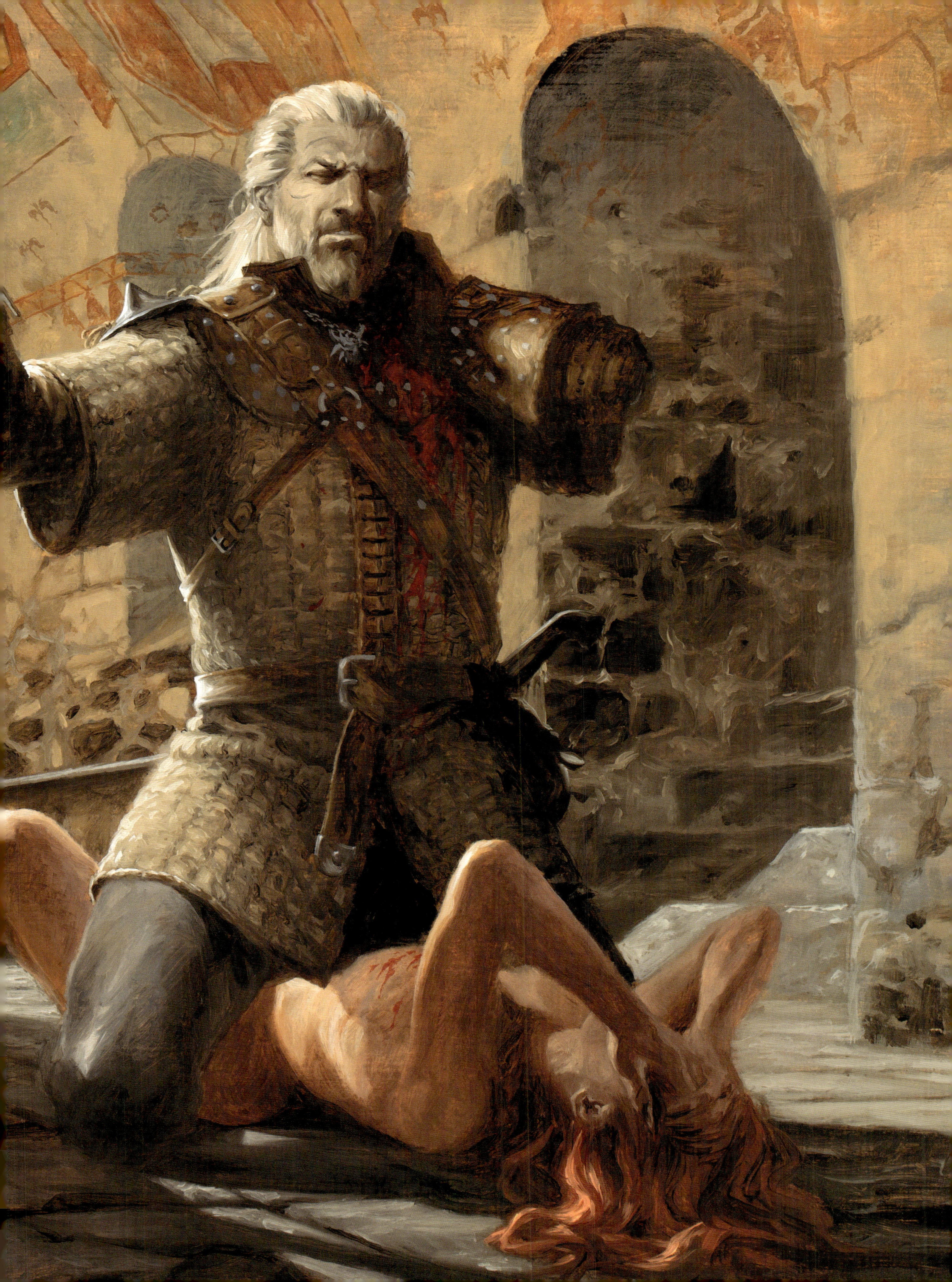

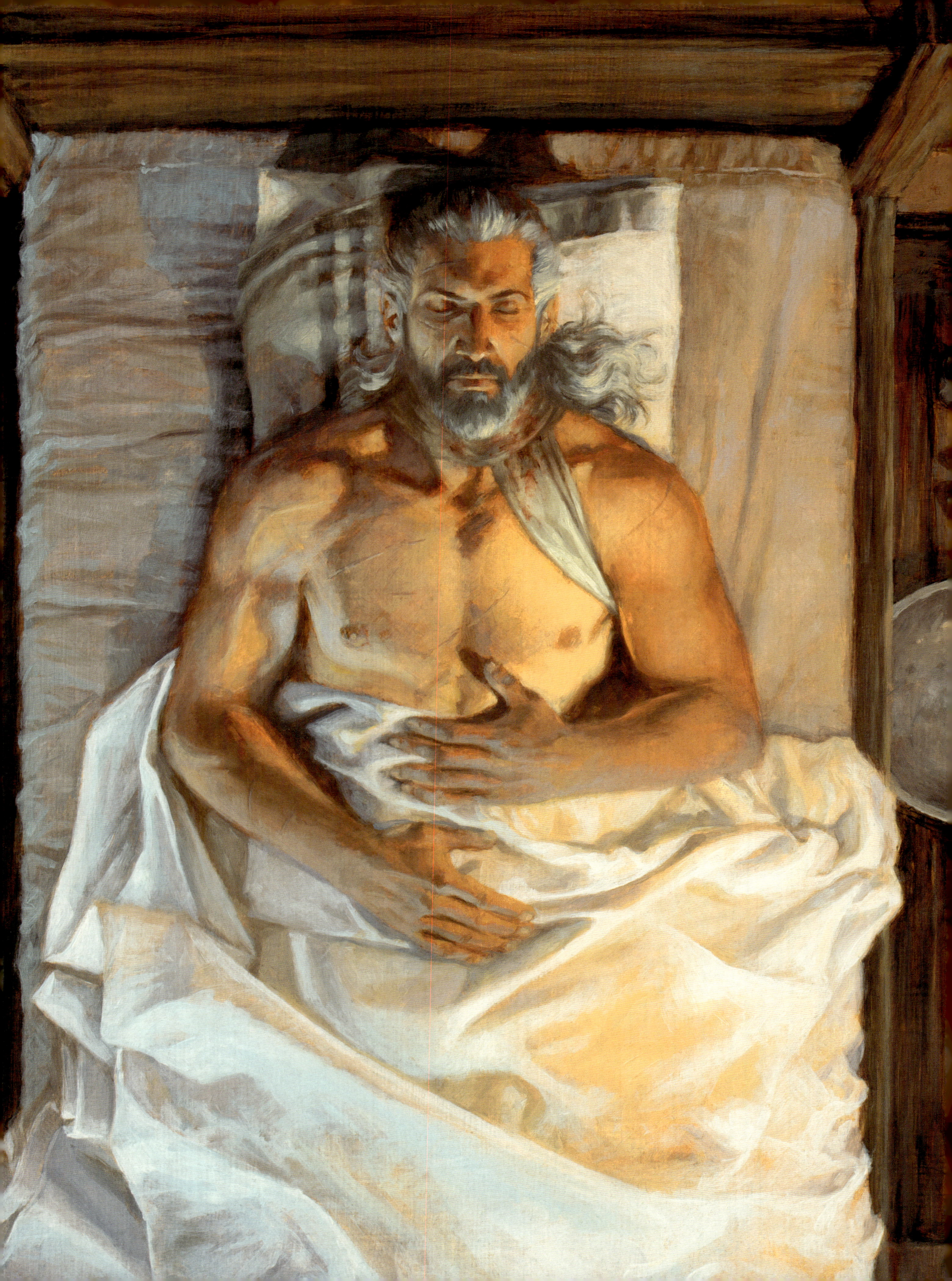

VIII

A primeira coisa que viu ao abrir os olhos foi a parede caiada e as vigas do teto do cômodo sobre a casa da guarda. Moveu a cabeça, fazendo uma careta de dor e soltando um gemido. Seu pescoço estava envolto num curativo sólido, feito de modo profissional.

— Permaneça deitado, feiticeiro – disse Velerad. – Fique quietinho.

— Minha... espada...

— Sim, sim. É óbvio que o mais importante de tudo é sua enfeitiçada espada de prata. Fique tranquilo, ela está aqui. Tanto a espada como seus demais pertences, além de três mil cúcados. Sim, sim, não precisa dizer nada. Eu sou um velho caduco e você um bruxo sábio. Foltest não se cansa de repetir isso nos últimos dois dias.

— Dois...

— Pois é, dois. Ela fez um estrago e tanto em seu pescoço; dava para ver tudo o que havia lá dentro. Você perdeu muito sangue. Foi sorte termos corrido para o castelo logo após o terceiro canto do galo. Em Wyzim, ninguém conseguiu dormir naquela noite. Nem pode imaginar a barulheira que vocês andaram fazendo por lá... Não o cansa minha tagarelice?

— E a prin... cesa?

— A princesa, bem, ela é como soem ser as princesas. É magra e meio abobada. Chora sem parar e faz xixi na cama. Mas Foltest diz que isso vai mudar. Espero que não seja para pior. O que você acha, Geralt?

O bruxo cerrou os olhos.

— Bem, já vou indo. – Velerad levantou-se. – Descanse. Mas antes que eu me vá diga-me uma coisa: por que você quis mordê-la até a morte, hein, Geralt?

O bruxo dormia.

O SUCESSO DO BRUXO: UMA VIAGEM INESPERADA

Antes do sucesso internacional dos videogames *The Witcher*, realizados por CD Projekt Red e com 40 milhões de cópias vendidas, seguido da série produzida pela Netflix com Henry Cavill, assistida por 76 milhões de assinantes em quatro semanas, antes de tudo isso havia os livros. E Andrzej Sapkowski. A trajetória desse autor, que se tornará um ícone da literatura fantástica, não poderia ter sido mais sinuosa.

Em 1985, Andrzej Sapkowski tem 37 anos e uma carreira brilhante de diretor internacional de vendas. Nem lhe passa pela cabeça se tornar escritor... O que não é nem um pouco surpreendente no ambiente econômico e político da Polônia da época. Mas ele ama a literatura e, sobretudo, a fantasia.

Seu trabalho lhe oferece a possibilidade de viajar, cruzar fronteiras e adquirir edições em inglês dos seus autores favoritos, entre os quais Ursula K. Le Guin, J. R. R. Tolkien, Gene Wolfe e Roger Zelazny, então inéditos na Polônia. Sua entrada no meio editorial foi possível, à época, por meio da tradução, cuja primeira experiência se deu por conta de *Fantastyka*, então a única revista polonesa de FC e fantasia.

Aliás, *Fantastyka* logo anuncia a organização de um concurso de contos. Krzysztof, filho de Sapkowski, sugere que o pai participe do concurso. Andrzej aceita e submete à revista um texto, intitulado "O bruxo".

"O bruxo" não leva o primeiro prêmio e fica em terceiro lugar, empatado com dois outros contos. A revista e o júri consideram mais natural e pertinente recompensar uma obra de ficção científica, já que a fantasia não era um gênero em voga na época.

Mas os fãs logo deixam clara sua insatisfação com a revista. Publicado em dezembro de 1986 em *Fantastyka*, "O bruxo" é eleito o melhor conto do ano. Uma vitória por nocaute, com 46% dos votos favoráveis. Em seguida, uma enxurrada de cartas chega à redação, entre as quais algumas contendo pedidos originais. Um fã que mora em Posnânia, e se diz "enfeitiçado" pela narrativa de Sapkowski, chega até a enviar dinheiro junto com a carta, pedindo que a redação o entregue ao autor para que ele volte a escrever. E esse leitor está longe de ser o único a exigir novas aventuras de Geralt de Rívia.

Ninguém poderia ter ficado mais surpreso que Andrzej Sapkowski, que não planejava, de modo algum, escrever novas histórias. Quanto mais livros. Nos anos 1980, na Polônia, com algumas raras exceções, os escritores sofrem para publicar seus livros. Além disso, a história de Sapkowski faz parte do universo fantástico, de longe o gênero que menos desperta interesse nos livreiros e na crítica. A cena literária polonesa de então continua sob a influência de Stanislas Lem, o autor de *Solaris*, e de Janusz A. Zajdel, para os quais a FC é um meio de driblar a censura e fazer comentários sobre o regime comunista. A ficção científica é nobre, respeitada e cumpre uma missão; ao contrário da fantasia. Durante esses anos, nem mesmo *O senhor dos anéis*, de J. R. R. Tolkien, é considerado indispensável. E eis que Andrzej Sapkowski recebe a aprovação geral com uma história de elfos, anões e monstros.

A originalidade das narrativas escritas por Sapkowski logo será reconhecida. Ele não conseguirá apenas seduzir leitores e críticos como também irá transformar o mercado livreiro para as futuras gerações de autores poloneses. Mas isso vai levar tempo, e só se concretizará na década seguinte, numa Polônia de aparência progressista.

Por ora, na segunda metade da década de 1980, Sapkowski se contenta em escrever outros contos. "Droga, z której się nie wraca" [O caminho sem volta] é publicado em 1988, ou seja, dois anos depois de "O bruxo". Em seguida vêm, na sequência, "Ziarno prawdy" [Um grão de veracidade], em 1989, "Mniejsze zlo" [O mal menor] e "Kwestia ceny" [Uma questão de preço], em 1990. Todos são editados numa primeira coletânea em 1990. No entanto, Sapkowski ainda não estourou. Enquanto a popularidade de Geralt de Rívia aumenta, o Muro de Berlim cai em 1989, livrando a Polônia do jugo soviético. Mas os autores poloneses encontram outras dificuldades, em primeiro lugar a rejeição das editoras. Depois de tantos anos de censura, os editores poloneses podem finalmente publicar o que quiserem, começando pelos autores internacionais de sucesso como Stephen King e Jonathan Carroll, que, até então, nunca tinham sido publicados no Leste. O mercado livreiro se expande rapidamente. É nessa época que surge a maior parte das grandes editoras polonesas.

Andrzej Sapkowski vê essa reviravolta histórica como uma oportunidade excepcional. Ele criou um herói popular, e sabe que os leitores o querem de volta. Nessa Polônia com um novo rosto, ele tem, doravante, a oportunidade de se tornar escritor em tempo integral. Em 1994, aparece *Krew Elfów* [O sangue dos elfos], o primeiro romance da saga The Witcher, e a editora polonesa SuperNOWA tem a excelente ideia de publicar ao mesmo tempo as duas primeiras coletâneas de contos de Sapkowski, com os títulos de *Ostatnie Zyczenie* [O último desejo] e *Miecz Preznaczenia* [A espada do destino]. O caminho pode ter sido sinuoso, mas o sucesso desponta no horizonte...

NO ATELIÊ DE
THIMOTHÉE MONTAIGNE

ROUPA LEVE COM CAPA

L'homme portait un manteau noir jeté sur ses épaules. Il attirait l'attention. Il s'arrêta devant l'auberge "Au vieux Narakort". Il resta planté là quelques minutes, à écouter le brouhaha des conversations. L'auberge, comme d'habitude à cette heure, était noire de monde. L'inconnu n'entra pas au Vieux Narakort. Il enchaîna son cheval plus loin, vers le bas de la rue, où se trouvait un autre cabaret, plus petit, qui s'appelait "Au Renard". Le cabaret était vide. Il n'avait pas très bonne réputation.

Le pohou leva la tête de son tonneau de cornichons marinés pour toiser son client. L'étranger, qui n'avait pas ôté son manteau, se tenait devant le comptoir; raide, figé, il ne disait mot.
— Qu'est-ce que ça sera?
— Une bière, répondit l'inconnu. Il avait une voix désagréable. Le cabaret s'essuya les mains à son tablier de toile et remplit un bock en grès, de pot était ébréché. L'inconnu n'était pas vieux, mais il avait les cheveux pratiquement blancs. Sous son manteau, il portait un pourpoint de cuir râpé, lacé à l'encolure et sur les manches. Quand il se débarassa de son manteau, tous remarquèrent le glaive suspendu à sa ceinture dans son dos.

"Desde o início o texto foi a minha referência, a linha mestra do projeto. Mas, como o estilo de Andrzej Sapkowski tem pouquíssimas descrições, apeguei-me aos menores fragmentos, depois me baseei nos conhecimentos e nas pesquisas históricas realizadas sobre as roupas da época. Intencionalmente, Ugo Pinson e eu nos orientamos mais

ESPADA
DE AÇO

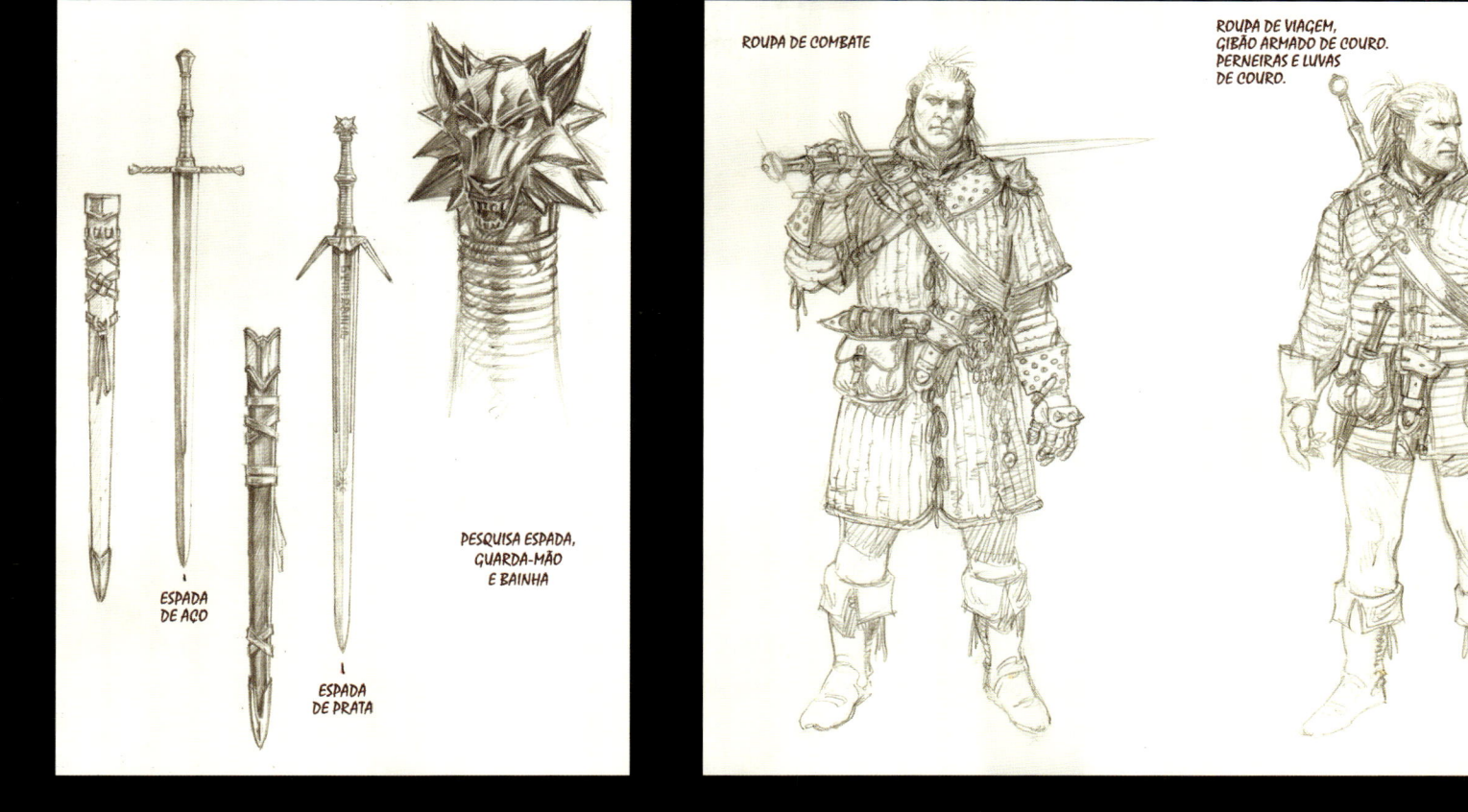

ESPADA
DE PRATA

PESQUISA ESPADA,
GUARDA-MÃO
E BAINHA

ROUPA DE COMBATE

ROUPA DE VIAGEM,
GIBÃO ARMADO DE COURO.
PERNEIRAS E LUVAS
DE COURO.

"O esboço em preto e branco permite traduzir uma atmosfera e consolidar uma composição.
É a etapa intermediária entre o *storyboard* e a pintura final."

ESTUDOS DE CORES

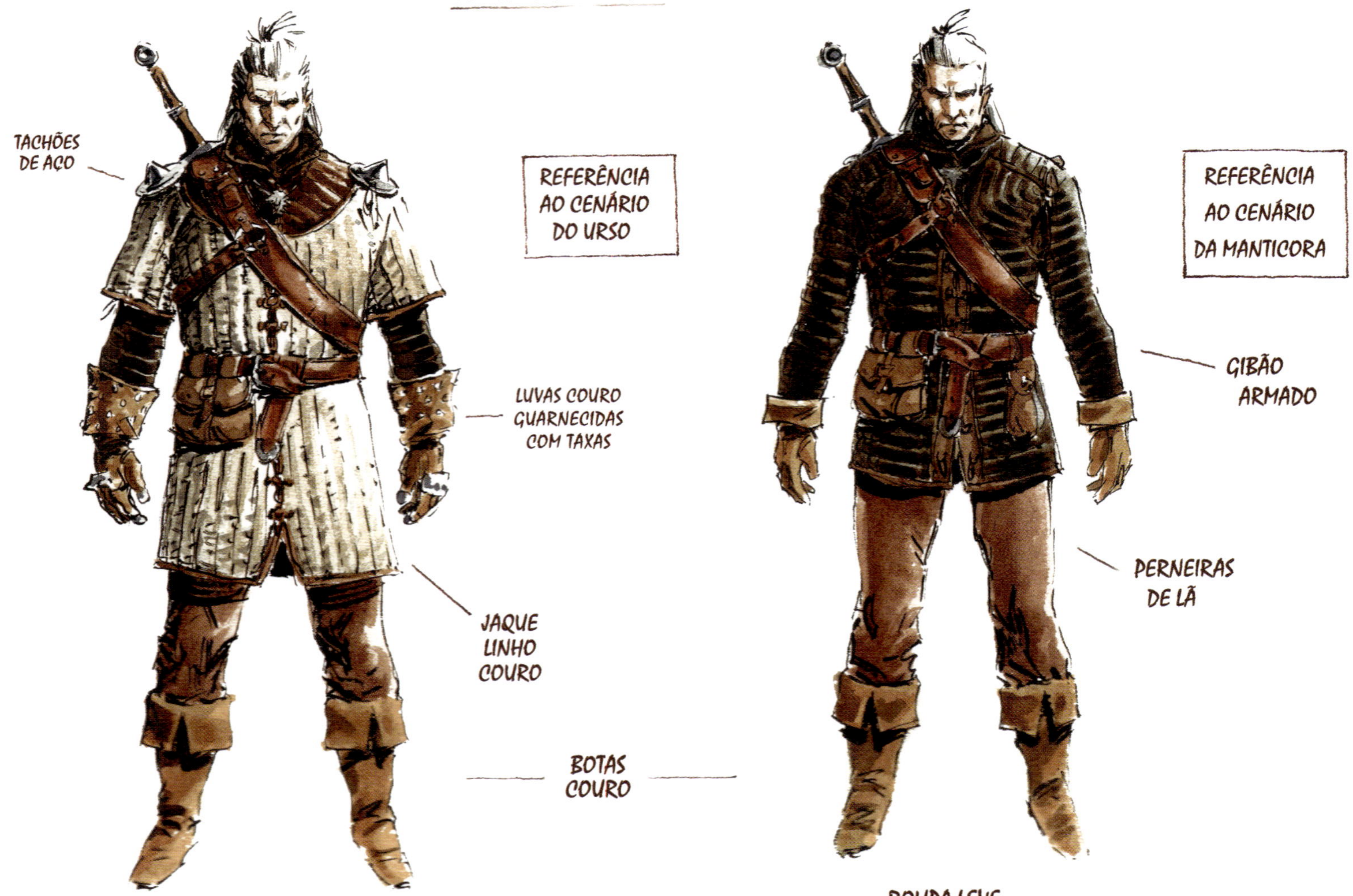

ROUPA DE COMBATE
- TACHÕES DE AÇO
- LUVAS COURO GUARNECIDAS COM TAXAS
- JAQUE LINHO COURO
- BOTAS COURO
- REFERÊNCIA AO CENÁRIO DO URSO

ROUPA LEVE
- GIBÃO ARMADO
- PERNEIRAS DE LÃ
- REFERÊNCIA AO CENÁRIO DA MANTICORA

"Estas pesquisas de cores e nuanças relacionadas ao vestuário flertam delicadamente com o universo dos videogames, um flerte plenamente assumido."

PESQUISAS FECHAMENTO DE CAPA

ESTUDOS DA CAPA

"Os romancistas tendem às vezes a descrever roupas que nem sempre são adaptadas, realistas ou práticas. Aqui, por exemplo, eu precisava representar de maneira concreta como Geralt consegue levar uma espada presa nas costas com uma capa por cima."

"Entre o esboço original e a pintura definitiva eu troquei, de propósito, o cenário. Esse madeiramento todo teria sobrecarregado o plano de fundo, comprometendo, assim, a leitura da imagem. Optei por abóbadas decoradas na ilustração final."

AGRADECIMENTOS

Um agradecimento muito especial a Ugo Pinson, por partilhar comigo seus conhecimentos e acompanhar toda a realização deste álbum.

Agradeço à equipe Bragelonne, principalmente a Piéric e Fabrice, pelo comprometimento.

Agradeço a David Doukhan por ter emprestado seu traço a Geralt, e à "Genz d'armes 1415" pelas roupas e acessórios, que nos permitiram tornar verossímil o lado histórico do nosso *parti pris*.

Um agradecimento enorme a Leslie pelo apoio incondicional e pela paciência demonstrada no dia a dia. Bravo!

T.M.